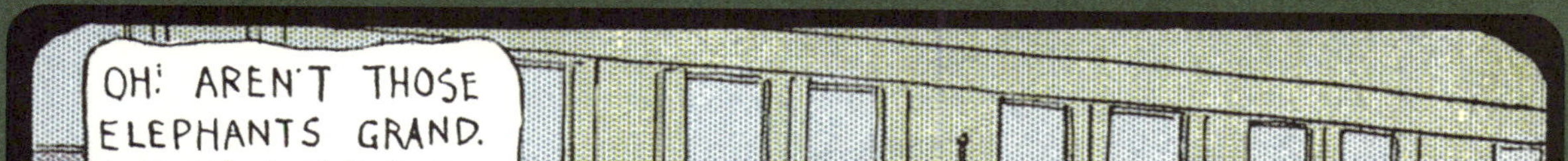
OH! AREN'T THOSE ELEPHANTS GRAND. SEE HOW PATIENT THEY ARE. JUST THINK, SAMMY, WHAT THEY COULD DO IF—
AAH AWW

W0375071

Winsor McCay

Little Sammy Sneeze

BOCOLA
VERLAG

www.bocola.com

Übersetzung: Jonas und Uwe Baumann

Digitale Restaurierung und graphische Bearbeitung:
Sylvie Hense, Jasmin Sebastian und Elisabeth Veith

Unser herzlicher Dank gilt Adriano Oprandi:
Aus seiner umfangreichen Sammlung konnten wir sehr viele und seltene Strips für dieses Buch verwenden.

Bibliografische Information der deutschen Nationalbibliothek
Die Deutsche Nationalbibliothek verzeichnet diese Publikation in der Deutschen Nationalbibliografie; detaillierte Daten sind im Internet über http://dnb.ddb.de abrufbar.

Druck und Bindung: Westermann Druck Zwickau GmbH

1. Auflage

ISBN 978- 3-939625-30-8

www.bocola.com

„Er kann es einfach nicht stoppen…“

Winsor McCay und die meisterhafte Mechanik seines Comic-Strips **Little Sammy Sneeze**

von Alexander Braun

Das Werk von Winsor McCay zählt nicht nur zu den bedeutendsten seiner Generation, sondern hat auch bis heute nichts von seiner Faszination und seinem hohen Stellenwert für das Medium Comic eingebüßt. McCay – er wurde irgendwann um das Jahr 1870 herum als Zenas Winsor McKay in Spring Lake, Michigan, geboren – ist die Schlüsselfigur, die die realistische Illustrationskunst des 19. Jahrhunderts mit der Innovationskraft des neuen Bildmediums im frühen 20. Jahrhundert versöhnte und inhaltlich zu neuen Höhen führte. In dem Moment, als die Bilder laufen lernten – nein, wir meinen nicht den sich zeitgleich entwickelnden Film, sondern die Comics! –, eröffneten sich für die Zeichner neue Horizonte. Die Bilder verharrten nicht länger im reduzierten Status, Illustrationen eines Erzähltextes abzugeben, sondern wurden zum Motor einer voranschreitenden Erzählung, innerhalb derer die Figuren im Bild via Sprechblasen miteinander zu kommunizieren begannen. Das gezeichnete Bild fand sich somit nicht nur im Moment der Bewegung wieder, sondern auch in der Gnade der Sprache – und das dreißig Jahre vor dem ersten abendfüllenden Tonfilm 1927.

Winsor McCay 1906
Collection Ray Winsor Moniz

Winsor McCay ist von den Repräsentanten der Pionier-Generation derjenige, der erst verhältnismäßig spät zum Comic fand. Als seine ersten Strips erschienen, war er Mitte Dreißig und hatte bereits eine Frau und zwei Kinder zu ernähren. Ab ca. 1886 verdingte sich McCay als Plakat- und Schriftmaler auf Jahrmärkten oder malte im Vaudeville-Milieu gegen Geld vor Publikum. Als er ab 1898 erste Anstellungen bei Zeitungen angeboten bekam, fungierte er dort als Illustrator oder Art-Director. Erst als der Zeitungsverleger James Gordon Bennett Jr. (1841–1918) 1903 auf McCays Talent aufmerksam wurde und ihn nach New York abwarb, entdeckte der Zeichner die Comics als Ausdrucksmedium für sich. Bennetts Zeitungsimperium, angeführt vom *New York Herald* (und seinem europäischen Ableger *The Paris Herald*, dem Vorgänger-Blatt der späteren *International Herald Tribune*), war zu dieser Zeit in Bedrängnis. Seit Ende des 19. Jahrhunderts boomten die farbigen Comic-Beilagen in den Sonntagsausgaben der großen Boulevard-Zeitungen und waren nicht unmaßgeblich für den wirtschaftlichen Erfolg eines Verlagshauses verantwortlich. Zwischen den News-Mogulen William Randolph Hearst (1863–1951) und Joseph Pulitzer (1847–1911) war zeitweise ein regelrechter Krieg entbrannt um die Vorherrschaft an den Verkaufsständen, und die Popularität der jeweils für sich verpflichteten Comic-Zeichner und ihrer Serien spielte dabei eine gewichtige Rolle. Bennett konnte und wollte da nicht hinten anstehen, hatte aber als einzigen populären Autor und Zeichner der ersten Stunde Richard F. Outcault (1863–1928) mit seiner Serie *Buster Brown* (ab 1902) im Portefeuille. Ein zweites künstlerisches Schwergewicht mit der richtigen Spürnase für populären Humor tat also mehr als Not. Die Strategie der bloßen Abwerbung großer Namen von der Konkurrenz war die schlechtere, weil kostspieligere Variante. So durfte sich Winsor McCay nach Vertragsabschluss mit Bennett bis in den Sommer 1904 mit verschiedenen kurzlebigen Strip-Ideen ausprobieren. Dass neue Comic-Serien nicht gleich ein Erfolg beim Publikum waren, gehörte zu den Regeln des Geschäfts. Für Experimente gab es die weniger prominenten ein- oder zweifarbig gedruckten Innenseiten der Comic-Beilagen oder auch Ecken und Nischen in anderen Ressorts, auf den Sportseiten etwa oder in den Lücken nicht gebuchter Werbeflächen auf den Anzeigenseiten. „Try and Error“ war die Devise der Stunde in einem Medium, das erst in den Anfängen steckte und seine Parameter noch im Begriff war zu definieren. Am 24. Juli 1904 gelang dann Winsor McCay schließlich etwas, das sich in der Gunst der Leser vielversprechender entwickelte als alle seine Versuche zuvor: *Little Sammy Sneeze*, die Abenteuer des „Kleinen Sammy Nieser“.

Die Episoden um Sammy, die nun regelmäßig an (fast) jedem Sonntag auf den Seiten der Comic-Beilage der Bennett-Zeitungen ihren Abdruck fanden, als „Abenteuer" zu bezeichnen, greift allerdings etwas hoch. Eigentlich tut dieser kleine Junge nichts anderes als Niesen. Und gemäß der Erläuterungen links und rechts des Titelschriftzugs tut er das willenlos („He just simply couldn't stop it") und unkontrolliert („He never knew when it was coming"). Kurz: Die Pointe des Strips liegt darin, dass ihm der Nieser normalerweise im unpassendsten Moment widerfährt und dabei denkbar größten Schaden anrichtet. Sammys Nieser sind von solch eruptiver Kraft, dass er damit nicht nur Poker-Tische abräumt (30. April 1905, vgl. S. 36), Lebensmittel- oder Spielzeuggeschäfte zerlegt (11. September und 11. Dezember 1904, vgl. S. 10/11 und 22), während einer Parade eine Elefanten-Stampede verschuldet (14. Mai 1905, vgl. S. 38), Russkübel explodieren lässt (15. Januar 1905, vgl. S. 26), Schlittschuhläufer (22. Januar 1905, vgl. S. 27) und Boote versenkt (9. Juli 1905, vgl. S. 44), sondern am 18. Dezember 1904 sogar den Weihnachtmann in die Flucht schlägt (vgl. S. 23). Manchmal wendet sich diese Naturgewalt auch gegen ihn selbst, wie z.B. am 16. April 1905, als er quasi unter seinem eigenen Nieser implodiert und ihm die neuen Sonntagskleider in Fetzen hängen (vgl. S. 35). Selten – aber immerhin, es kommt vor – gereicht sein unkontrolliertes Niesen auch zum Guten: am 12. Februar 1905 entlarvt Sammy damit zwei Schurken, die ihn entführt hatten, um von seinen Eltern Lösegeld zu erpressen (vgl. S. 30). Am 2. Juli 1905 rettet er sich und seiner Tante gar das Leben, als der Esel just in dem Moment seinen Dienst verweigert, als sie mit ihrer Kutsche mitten auf einem Bahnübergang stehen. Angesichts des sich rasend nähernden Zuges fordert die Tante Sammy auf, sofort die Flucht zu ergreifen. Der nimmt es jedoch gelassen, und ein kräftiger Nieser katapultiert Kutsche samt Esel von den Gleisen (vgl. S. 43).

CHRONOLOGIE

Es fällt uns heute nicht ganz leicht, die Chronologie von *Little Sammy Sneeze* vollständig zu rekonstruieren. Das liegt zum einen an der disparaten Veröffentlichungspraxis der verschiedenen Zeitungen, die den Strip in Lizenz druckten, zum anderen am Wesen dieser frühen Comic-Jahre, in denen nicht alle Abläufe festen Standards gehorchten und nicht selten ein munteres Nebeneinander von Formaten und Erscheinungsformen existierte. Nehmen wir als Beispiel die Folge vom 16. Oktober 1904: Während die Episode in der *New York Tribune* als ganze Halbseite erschien (sechs leicht querformatige Panels in zwei Reihen, vgl. Abb. unten), veröffentlichte der *Sunday Record Herald* in Chicago dieselbe Folge am selben Sonntag nicht nur unter Verzicht auf Panel 2 und 6, sondern beschnitt die vier verbliebenen Panels beidseitig zum Hochformat, damit *Sammy* am Ende nur ein Viertel der Seite

Winsor McCay, *Little Sammy Sneeze*
Sonntagsseite vom 16. Oktober 1904, *New York Herald*

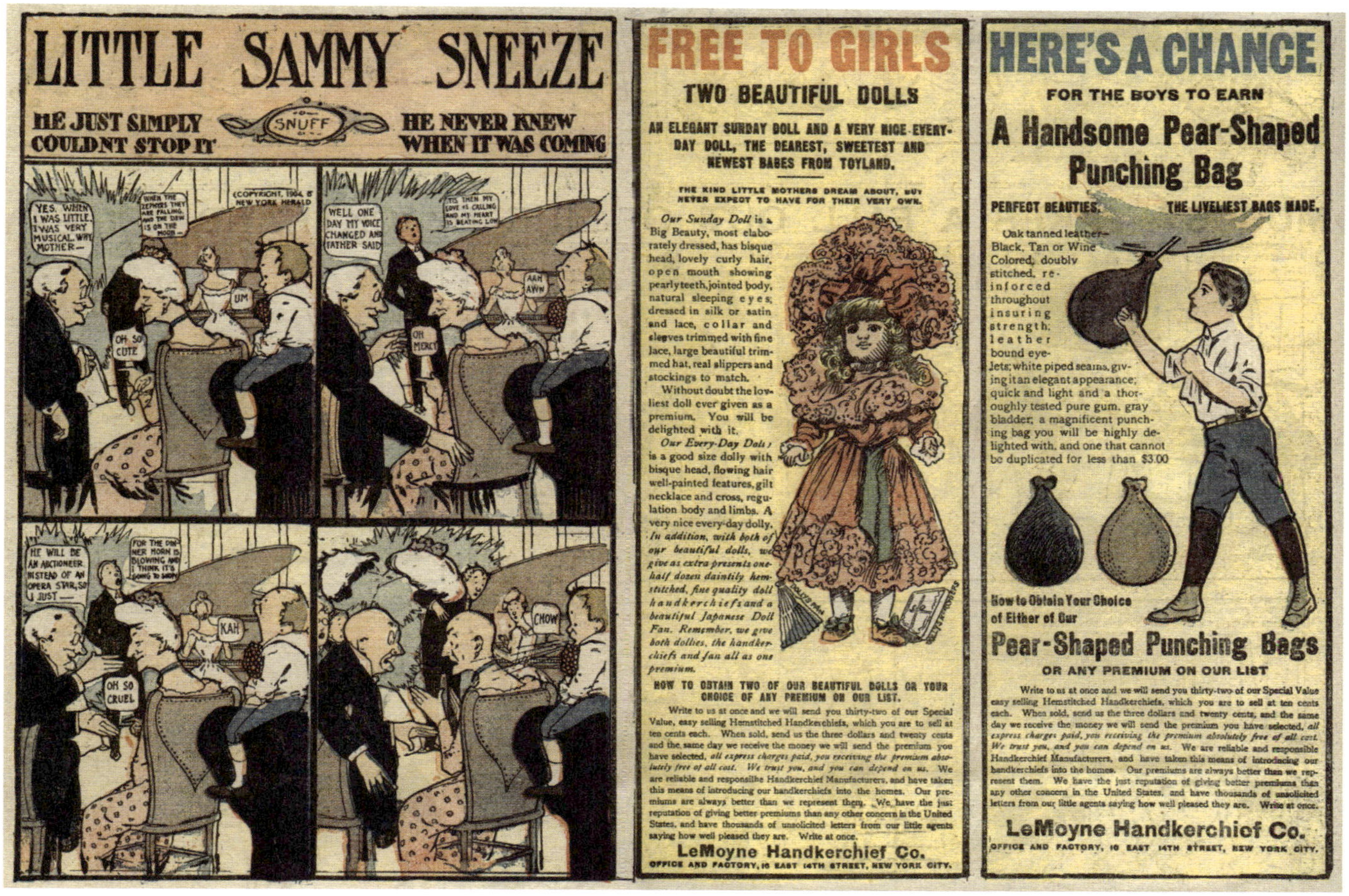

Winsor McCay, *Little Sammy Sneeze*
Sonntagsseite vom 16. Oktober 1904, *Sunday Record Herald*, Chicago, Sammlung Alexander Braun

einnahm (vgl. Abb. oben). So war Platz gewonnen für zwei Spielzeug-Werbeanzeigen. Die Comics waren ein willkommenes Vehikel, um neue Leser zu gewinnen, alte zu binden und die Auflage zu steigern. Die populären Autoren und Zeichner partizipierten in diesen frühen Jahren auch wirtschaftlich sehr angemessen an dem von ihnen verursachten Hype. Ihren künstlerischen Produkten wurde darum aber nicht automatisch mit Respekt begegnet. Die Redaktionen scheuten nicht davor zurück, einen Strip radikal zu verstümmeln, wenn es dem Umsatz diente. Der Verkauf von Werbeflächen hatte – wie wir hier sehen – absolute Priorität. Die Comics waren also keine schöngeistige, sondern vornehmlich eine kommerzielle Kunstform.

Wir dürfen davon ausgehen, dass sich Sammys erster öffentlicher Auftritt am 24. Juli 1904 ereignete. Formal gehorcht diese erste Episode bereits den Anforderungen eines sogenannten Halfpagers, also einem Strip, der die Hälfte einer Zeitungsseite ausfüllt. Inhaltlich sprengt Sammys erster Nieser die Schachpartie von zwei gesetzten Herren (vgl. S. 9) und erschien in Schwarzweiß. Bis in den Herbst musste sich Sammy mit dieser reduzierten Erscheinungsform – Schwarzweiß und mitunter auch auf vier Panels im Quadrat gekürzt und an verschiedenen Stellen der Zeitung platziert – begnügen, dann war offensichtlich seine Beliebtheit bei den Lesern so gewachsen, dass er die Stufe zur Vierfarbigkeit „aufsteigen" durfte.

Als die Kernzeit des Strips dürfen somit die 43 farbigen Folgen angesehen werden, die vom 11. September 1904 bis zum 16. Juli 1905 als Teil der Comic-Beilagen fast aller Sonntagszeitungen aus dem Verlagshaus von James Gordon Bennett erschienen. Im Flagschiff, der *New York Tribune*, hatte McCays *Sammy* für ein knappes Jahr einen festen formalen Rahmen als Halfpager auf der Rückseite des Comic-Supplements gefunden. Sammy hat damit seinen Anteil an dem denkbar prominentesten Teil der Comic-Beilage, denn zu dieser Zeit wurde nur der Außenmantel des Bogens in Farbe gedruckt. Die Innenseiten des Supplements waren lediglich ein-, maximal zweifarbig, was nicht immer Schwarz auf Weiß bedeutete. Gerne benutzte man Sonderfarben, wie ein Türkis-Grün oder ein gedecktes Braun. Während sich z.B. der *Herald* in New York 1904 nur eine Farbe (= Braun) für den Innenteil leistete, gönnte sich die Schwesterzeitung in Chicago, *The Sunday Record Herald*, bereits einen zweifarbigen Druck im Inneren: Schwarz auf Weiß, zusätzlich koloriert mit einer Sonderfarbe (im unregelmäßigen wöchentlichen Wechsel: Grün, Gelb, Ocker oder Orange). Und weil im Gegensatz zum *Herald* in New York beim *Herald* in Chicago nicht Richard F. Outcaults *Buster Brown* die Titelseite des Comic-Teils für sich beanspruchte, rückte *Little Sammy Sneeze* dort zusammen mit Tom Tuckers Serie *Betsy Bouncer and Her Doll* gleich auf die Seite Eins.

HENRIETTA

McCay unterteilte seinen Strip in dieser Zeit verlässlich in sechs Panels: zwei Reihen à drei gleichgroßer leicht querformatiger Panels (für die Ausgabe des Bocola Verlags hier ummontiert zu drei Reihen à zwei Panels[1]). Die einzigen Ausnahmen von dieser Regel stellt gleich die erste farbige Folge vom 11. September 1904 dar (= zwei Reihen à vier Panels), in der McCay wegen der in der Episode zu Türmen geschichteten Lebensmittel zwingend hochformatiger Panels bedurfte (vgl. S. 10/11). Die zweite Ausnahme ereignete sich am 7. Mai 1905 (vgl. S. 37), jenem denkwürdigen Tag, an dem sich eines der ersten „Crossovers" der Comic-Geschichte ereignete, indem zwei Helden aus unterschiedlichen Serien in einer Episode aufeinander trafen. *The Story of Hungry Henrietta* war eine weitere Serie aus der Feder Winsor McCays, die dieser am 8. Januar 1905 parallel zu *Little Sammy Sneeze* startete: allerdings nicht vierfarbig, sondern lediglich einfarbig, da sie auf den Innenseiten des Comic-Supplements zum Abdruck kam. Während Sammy unter seinen Niesattacken leidet, versucht Henrietta das Leid ihres Kinderdasein durch die permanente Zufuhr von Nahrungsmitteln zu kompensieren. Während Sammy seine Umgebung mit Speicheltröpfchen und kompressierter Luft terrorisiert, verwandelt sich Henrietta regelmäßig in eine nervtötende Heulboje, wenn sie nicht sofort etwas zu Essen bekommt. *Little Sammy* bedarf der formalen Monotonie, um den immer gleichen Nieser, dessen Anbahnen wir über vier Bilder sukzessive und minutiös verfolgen können, angemessen in Szene zu setzen. Das fünfte Panel gehört dann jeweils der Klimax, der feuchten Eruption, während das finale sechste Panel dem „Danach" vorbehalten bleibt: Zu Beginn der Serie ist das meist ein obligatorischer Fußtritt, der den Jungen unsanft aus der menschlichen Gemeinschaft hinauskickt, später handelt es sich auch schon mal um pädagogische Ratschläge, die Fürsorge von Sammys Mutter, die Ermahnung eines Polizisten oder schlicht den Versuch, das angerichtete Chaos wieder zu richten. In der erwähnten Crossover-Folge vom 7. Mai 1905, in der der zwanghafte Nieser Sammy auf die fresssüchtige Henrietta trifft, behält McCay interessanter Weise das Panelraster der *Henrietta*-Strips bei und durchbricht so die stringente Ordnung seiner *Sammy*-Folgen. Inhaltlich macht das durchaus Sinn: Sammy ist derjenige, der sich weitgehend frei in der Welt bewegen darf. Sammys Episoden leben von der Veränderung des Lokalkolorits (beim Einkaufen, im Zirkus, auf der Straße, beim Baden etc.). Das Kleinkind Henrietta bleibt dagegen stärker ans Haus gebunden. Die überwiegende Zahl ihrer Episoden findet im heimischen Umfeld statt. Sammy besucht also am 7. Mai 1905 zusammen mit seiner Mutter das Haus von Henrietta und ihrer Mutter. Für Henriettas Welt gilt ihr eigenes spezifisches Panel-Raster. Sammy fügt sich darin ein – obwohl der Strip-Titel eigentlich ihm gewidmet ist.[2]

EMPATHIE

In den Jahren 1904/05 waren Winsor McCays eigene Kinder, sein Sohn Robert Winsor (geb. 1896) und seine Tochter Marion Elizabeth (geb. 1897) sieben bis neun Jahre alt, also etwas älter als die Protagonisten im Strip. Vater Winsor schöpfte seine Strips also aus eigener und unmittelbarer Anschauung. Kinder zu Hauptfiguren eines Comic-Strips zu machen, war zu dieser Zeit keinesfalls ungewöhnlich, eher die Regel. Der ältere Kollege Richard F. Outcault (1863–1928) hatte das mit seiner Serie *Buster Brown* (ab 1902) und der jüngere Rudolph Dirks (1877–1968) mit seinen *Katzenjammer Kids* (ab 1897) erfolgreich etabliert. Unzählige Nachahmerserien versuchten zudem, deren Erfolgsrezept zu kopieren. Zeitgleich mit McCay startete außerdem 1904 in den Blättern von William Randolph Hearst mit *Little Jimmy* von James Swinnerton (1875–1974) eine weitere populäre Serie mit einem Kind als Hauptakteur. Was alle diese Beispiele allerdings fundamental von Winsor McCays Figuren Sammy und Henrietta unterscheidet, ist der Grad an Empathie, die der Autor bereit ist, seinen Figuren gegenüber aufzubringen. Buster Brown oder Hans und Fritz (= die beiden Katzenjammer Kids) stehen zweifellos in der Tradition von Wilhelm Buschs Max und Moritz und definieren sich somit als Contraparts zur Welt der Erwachsenen. Sie spielen letzteren mehr oder weniger gewalttätige Streiche, weil das die ihnen im Strip zugedachte Rolle ist: Sie sind Humorlieferanten aus anarchischer Opposition heraus. Bei Swinnertons Figur des Jimmy verschiebt sich dagegen der Fokus bereits stärker auf eine nachgefühlte Erlebniswelt des Kindes. Auch Jimmy treibt seine Eltern und seine Umgebung regelmäßig an den Rand des Wahnsinns, aber nicht aus boshafter Charakterdeformation, sondern weil er ein Träumer ist, der sich auf dem Weg zum Ziel oder bei der Erfüllung seiner Pflichten ablenken lässt und damit ungewollt Katastrophen herbeiführt. McCay nun schließlich ist der Meister der Einfühlung, ein Realist mit beunruhigenden psychologischen Untertönen.

Gegenüber all den anderen Kinderfiguren jener Zeit fallen Sammy und Henrietta insbesondere durch ihren Stoizismus auf. Während die Comic-Kinder aus den Zeichenfedern der Kollegen gewöhnlich Energiebündel sind, die ungestüm durch die Panels toben, verhalten sich

---

[1] Die Entscheidung, die Strips für eine deutschsprachige Ausgabe zum Hochformat umzumontieren, ist besonders dem Umstand geschuldet, dass extrem querformatige Bücher erheblich höhere Buchbindekosten nach sich ziehen.

[2] Interessanter Weise hat sich dieselbe Episode auch mit der Titelzeile des *Hungry Henrietta*-Strips erhalten, anstelle der *Little Sammy Sneeze*-Titelei (vgl. Abb. in Winsor McCay – Early Works II, Miamisburgh 2003, S. 78). Zeitungen, die nur *Henrietta*-Strips brachten und nicht *Sammy*, konnten sich so eine zusätzliche Folge verschaffen, die dann allerdings außerhalb der regulären Nummerierung lief: Im Unterschied zu *Little Sammy Sneeze* nummerierte McCay seine *Henrietta*-Folgen in der Titelzeile typographisch individuell als Kapitel durch: „Chapter Seventeen", „Chapter Eighteen" etc.

McCays Sammy und Henrietta ihrer Umgebung gegenüber beängstigend gelassen. Die Situationen, in denen ein gesprochenes Wort über ihre Lippen kommt, lassen sich an einer Hand abzählen (Sammy stimmt z.B. einmal in einer Folge von 1906 ein Abendgebet an, bevor ihn sein Niesen sofort wieder verstummen lässt vgl. S. 60). Ihre Kommunikation beschränkt sich auf Nieslaute (Sammy), Weinen und Schluchzen oder Schmatzgeräusche (Henrietta). Die Kinder wirken einerseits verloren in dieser Welt der Erwachsenen, wie unglücklich Hineingeworfene, die sich zu orientieren versuchen. Andererseits gelingt es ihnen aber auch, sich auf diese Weise autark als Persönlichkeiten zu behaupten. Während Henrietta in die Rolle einer kleinen Prinzessin gedrängt wird, um die sich permanent ein Haufen Erwachsener bemüht, der sie mit irgendwelchen gut gemeinten Ansprachen überfordert, steht Sammy zumindest eine fürsorgliche Mutter zur Seite, die „mit-leidet", wenn sich einmal mehr sein „Gebrechen" Raum bricht.

MANIE

Auffällig an allen Figuren aus der Feder Winsor McCays ist ihre Nähe zu triebhaften Manien. Sammy niest mit zwanghafter Regelmäßigkeit, Henrietta kann ihren Heißhunger nicht zügeln, und die Protagonisten von McCays künstlerisch bedeutendster Reihe *Dream of the Rarebit Fiend* (ab 1904) können vor dem Schlafengehen nicht vom Verzehr überbackener Käsetoasts lassen, obwohl sie wissen, dass ihnen das schlimme Albträume bescheren wird. Woher stammt diese ungewöhnliche Sensibilität für die Abgründe des Menschen, ohne dass deren Inszenierung kränkend geraten oder den Humor des Strips beschädigen würde? Eine Antwort auf diese Frage verdanken wir John Canemaker, der für seine umfangreiche Winsor McCay-Monographie[3] bei der Familie sichten durfte, was noch an Dokumenten und Wissen vorhanden war. Dabei lüftete sich auch eines der bestgehüteten Geheimnisse der Familie McCay, nämlich die Tatsache, dass Winsor einen jüngeren Bruder namens Arthur hatte. Arthur litt – soweit man das heute rekonstruieren kann – unter einer schweren Paranoia. 1898 lieferte man ihn in eine Anstalt ein und seine Existenz wurde fortan konsequent verschwiegen. Auch wenn das Thema der Psychotherapie bereits am Horizont dämmerte (Sigmund Freuds *Traumdeutung* erschien 1899; die erste englische Übersetzung 1913), galten Defekte des Geistes zur Jahrhundertwende mehr als Makel und Schande denn als Krankheit. Für Winsor McCay bedeutete das, dass er von Kindesbeinen an in seinem persönlichen Umfeld mit Seiten der menschlichen Natur konfrontiert war, die sich den Regeln der Ratio und der ordnenden Kraft von Erziehung und Sitte verweigern. Das hat in seinem Werk Spuren hinterlassen. Alle McCayschen Figuren lassen diese psychologischen Untiefen aufblitzen, die Wege öffnen zur dunklen, unheimlichen Seite der menschlichen Natur. Manien, Triebe und Träume – insbesondere Albträume – legen an der Oberfläche des Daseins davon Zeugnis ab.

MODE

Im Folgenden ein Wort zur Mode des kleinen Sammy: In Deutschland ist uns von vergilbten Fotografien von Vätern und Großvätern noch vage die Idee des „Matrosen-Anzugs" ein Begriff. Das, was Sammy hier trägt, ist noch eine Nummer „heißer": eine Mütze wie die eines Offiziers der Roten Armee; schwellende Rüschen an Brust und Unterarm wie aus einem Mantel- und Degen-Film; darüber eine dunkle Samtjacke, die dem weit hervorstehenden Hemdkragen Halt gibt und eine auffällig gemusterte Schleife; dazu eng anliegende Reiterhosen; Strümpfe um die strammen Waden und geknöpfte knöchelhohe Lederschuhe. Das, was Sammy hier trägt, ist ein „Fauntleroy Suit", für knapp ein viertel Jahrhundert DAS Modeideal für das gut angezogene bürgerliche Kind in Amerika. 1885 erschien der Kinderbuchklassiker *Little Lord Fauntleroy (Der kleine Lord)* von Frances Hodgson Burnett. Illustriert war die Erstausgabe von Reginald Birch, der den Kleidervorstellungen der Autorin zu stilvollem und die Leserschaft prägendem Ausdruck verhalf. Der Roman handelt von dem amerikanischen Jungen Cedric, der von seinem herrischen aristokratischen Großvater, einem Lord, nach England geholt wird, um dort – als einziger Nachkomme der Familie – auf sein Erbe vorbereitet zu werden. Während der Großvater den Umgang mit Bürgerlichen wie Cedrics amerikanischer Mutter ablehnt, verachtete Cedrics verstor-

Anonymus, Kinderporträt gemäß
der *Little Lord Fauntleroy-Mode*
1890er Jahre, Fotografie, 6 x 3,7 cm
Sammlung Alexander Braun

[3] John Canemaker: Winsor McCay – His Life and Art, New York 1987. Überarbeitete Neuauflage: 2005.

bener Vater seine eigene herrschaftliche Abkunft und die britische Monarchie. Am Ende führt die Herzenswärme des kleinen Cedric dazu, dass der alte Lord empfänglich wird für die sozialen Missstände seiner Untertanen und sich mit seiner Schwiegertochter aussöhnt. Die Kleidung, die Autorin Burnett und ihr Illustrator Birch für den kleinen Lord ersonnen haben, stellt eine Reminiszenz an die „Van Dyke-Mode" des 18. Jahrhunderts dar und verleiht der Spannung zwischen der knöchernen Tradition des britischen Hochadels und dem burschikos unmittelbaren Charakter des Jungen zusätzlichen Ausdruck. Die Leser fanden unmittelbar Gefallen daran und ahmten diese Kleidung für ihre eigenen Kinder im Alter von ca. drei bis acht Jahren nach. Neben Sammy folgte auch die Comic-Figur Buster Brown diesem Vorbild. Auch die Fotostudios richteten sich entsprechend ein und verliehen den Kinderportraits der Zeit den entsprechenden Look (vgl. Abb. S. 7). Während die Modewelle in Großbritannien relativ schnell wieder verebbte, hielt sie sich in den USA bis zum Ersten Weltkrieg. Gerade die erklärter Maßen demokratische und bürgerliche Gesellschaft der Neuen Welt öffnete den Raum für das Sehnsuchtsmodell „Alte Welt". Wenn schon nicht im Alltag, so wollte man doch zumindest am Sonntag und stellvertretend bei den eigenen Kindern ein wenig „höfisches" Leben mit Schleifen und Prunk, eine Reminiszenz an barockere Zeiten, imaginieren.

SAMMY NACH SAMMY

Die Forschung neigt dazu, Entwicklungsgeschichten in Kapiteln zu denken und diese in Chronologie zu suggerieren. So wird in Sachen Winsor McCay gerne von *Little Sammy Sneeze* und *Hungry Henrietta* als der Frühphase des Werks gesprochen. Mit seiner (schwarzweißen) Serie *Dream of the Rarebit Fiend* würde McCay dann zu seinem Hauptthema, dem Traum, finden und das sich anschließende Opus Magnum *Little Nemo in Slumberland* führt dieses Thema dann zu prachtvoller (farbiger) Vollendung. Das ist nicht ganz falsch, aber auch nicht ganz richtig. So lief *Little Sammy Sneeze* z.B. sehr viel länger als es die Comic-Forschung bisher angenommen hat. Dank der Unterstützung einer umfangreichen Sammlung aus der Schweiz konnten für diese Ausgabe Folgen bis zum 26. Mai 1907 nachgewiesen werden (vgl. S. 74), die an dieser Stelle zum ersten Mal seit mehr als 100 Jahren einen Wiederabdruck erfahren. Das heißt nichts anderes, als dass nach dem Ende der 48 farbigen *Little Sammy*-Folgen am 16. Juli 1905 Sammy auf den zweifarbigen Innenseiten des Comic-Supplements noch das gesamte Jahr 1906 (38 gesicherte Episoden) und fast ein halbes Jahr in 1907 weiterlief (21 gesicherte Folgen). Winsor McCays umfangreichste Serie *Dream of the Rarebit Fiend* (821 gesicherte Episoden!) startete am 10. September 1904 (also am selben Wochenende, an dem der Start der farbigen *Sammy*-Episoden erfolgte!), kam den anderen Reihen aber nicht in die Quere, weil sie nicht in den sonntäglichen Comic-Beilagen, sondern inmitten des redaktionellen Teils der Wochentagsausgaben (häufig Samstags) abgedruckt wurde. Die erste Folge von *Little Nemo in Slumberland* schließlich wurde am 15. Oktober 1905 veröffentlicht, brachte es aber im Unterschied zu den *Rarebit Fiend*-Folgen bis 1914 lediglich auf 428 Episoden. Von einer aufeinander folgenden Serien-Entwicklung kann also keine Rede sein. Allein das Erscheinen von *Little Nemo* auf der Titelseite des Comic-Supplements verdrängte sowohl Outcaults *Buster Brown* von seinem angestammten Platz als auch *Little Sammy Sneeze* zurück in die Ein- bzw. Zweifarbigkeit. Ab Herbst 1905 hatte Winsor McCay also nicht weniger als drei parallele Serien am Start, den *Rarebit Fiend* einmal in der Woche, *Little Sammy* und *Little Nemo* in trauter Nachbarschaft am Sonntag, und das erst gut ein Jahr nachdem ihm mit seinem ersten schwarzweißen *Little Sammy* zum ersten Mal überhaupt die Gunst des Publikums geneigt gewesen war. Auch für die noch jungen Jahre des Mediums mit ihrem gehörigen Anteil „Anything goes" war das eine beeindruckende Turbo-Karriere, die Winsor McCays eigener Manie Rechnung trug: McCay war zweifellos ein Workaholic!

Alexander Braun, *1966 in Dortmund geboren, lebt als bildender Künstler und Autor in Bonn. Studium der Kunstgeschichte und Philosophie in Bochum und Berlin. 1996 Promotion in Kunstgeschichte über den amerikanischen Installationskünstler Robert Gober. Von 1993 bis 1996 Redaktionsmitglied des* ***Comic-Infos*** *und der* ***Comixene****. Kurator der Ausstellung* ***Das Jahrhundert der Comics – Die Zeitungs-Strip-Jahre*** *(Bielefeld, Dortmund, Remscheid, Erlangen 2008–2010). Autor des gleichnamigen Buchs. Kurator der Ausstellung* ***Winsor McCay, Peter Newell – Traum und Phantasmagorie*** *(Troisdorf u.a. ab 2012).*

Als wir mit der Zusammenstellung des Materials für dieses Buch begannen, gingen wir davon aus, daß im Dezmeber 1906 die letzten Strips dieser Serie erschienen sind. Mittlerweile konnten wir aber weitere Strips (Sammlung Oprandi) bis zum 26. Mai 1907 nachweisen. Der erste Strip ist sehr wahrscheinlich am 24. Juli 1904 erschienen. Insgesamt ist die Veröffentlichungsgeschichte von ***Little Sammy Sneeze*** *noch weitgehend unerforscht. Für weiterführende Hinweise ist der Verlag sehr dankbar.*

ER KONNTE ES EINFACH NICHT STOPPEN
LITTLE SAMMY SNEEZE
ER WUSSTE NIE WANN'S PASSIERT
(COPYRIGHT, 1904, BY THE NEW YORK HERALD CO.)
UM
EE-E
A-AH
AW HA-A
TSCHI
WINSOR McCAY

ER KONNTE ES EINFACH NICHT STOPPEN
LITTLE SAMMY SNEEZE
ER WUSSTE NIE WANN'S PASSIERT
SEI VORSICHTIG, KIPP NICHTS UM.
ICH WERDE JETZT DIESE SCHINKEN AUFHÄNGEN.
BRAN MASH BREAKFAST FOOD MAKES BRAINS
SOAP CAKES
GIANT BAKING POWDER MAKES LIGHT BISCUITS
SAUSAGE
PIES
UM
WIR HABEN GUTE PFLAUMEN FÜR 6 CENT.
WAS KOSTEN DIE PFLAUMEN HEUTE?
DILL PICKLES
LEMONS
NICE FRESH EGGS
ICH HAB GEHÖRT JOE SFAKES HAT LETZTEN DONNERSTAG GEHEIRATET.
MIR TUT DAS MÄDCHEN LEID, DIR NICHT?
WIR HABEN HEUTE GUTE DORSCHE.
WAS KOSTEN IHRE MAKRELEN?
EE
OH ICH WEISS NICHT, JOE IST KEIN SCHLECHTER KERL, WENN MAN BEDENKT –
NEIN?
SIEHT AUS, ALS WÜRDEN WIR SCHLECHTES WETTER BEKOMMEN.
HABEN SIE SCHON UNSER NEUES SAUERKRAUT PROBIERT, MEINE DAME?
OH, GEBEN SIE MIR DREI PFUND KRÄCKER.
EH
BITTE MACHEN SIE IN DER MITTE PLATZ!
ICH WOLLTE NOCH EIN PAAR WÄSCHEKLAMMERN.
WIR HABEN RECHT GUTES WETTER.
AH

LITTLE SAMMY SNEEZE
OH, ALLEN GEHT'S GUT, MIT AUSNAHME VON EM-, SIE HAT EIN HÜHNERAUGE.
WIE GEHT ES IHRER FAMILIE, MR. GRUMPE?
ICH WETTE, DER ALTE HALSABSCHNEIDER BITTET UM KREDIT.
AW
WIE GEHT ES HNEN HEUTE?
SENDEN SIE MIR EINE PACKUNG DAVON, OKAY?
HAA
HERBEN APFELWEIN? NATÜRLICH, JA, MEIN HERR.
FÜLLEN SIE DAS AB, UND LASSEN SIE ES BIS SAMSTAG ZIEHEN.
TSCHI
09-11-1904
WINSOR McCAY
WAS ZUM TEUFEL WAR DENN DAS?
GOTT SEI DANK AM LEBEN

ER KONNTE ES EINFACH NICHT STOPPEN
LITTLE SAMMY SNEEZE
ER WUSSTE NIE WANN'S PASSIERT
ICH WÜNSCHTE, SIE WÜRDEN SICH DIESE UHR MAL ANGUCKEN, DOC. SIE LÄUFT IN LETZTER ZEIT RÜCKWÄRTS.
SO, DU WILLST ALSO UHRMACHER WERDEN, JA? GUCK DIR MAL ALL DIESE RÄDCHEN AN.
UM
COPYRIGHT, 1904, BY THE NEW YORK HERALD CO.
DIESE UHR HAT MIR MEIN GROSSVATER HINTERLASSEN. HEUTE UM EIN UHR MORGENS SCHLUG SIE 236-MAL, KNACKTE ZWEIMAL UND BLIEB STEHEN.
VIELLEICHT MUSS SIE NUR MAL ÜBERHOLT WERDEN, WIR WERDEN SEHEN.
EE AA
NUN, WIR WERDEN ES EINFACH SEHEN. ICH GLAUBE, DIE HAUPTFEDER BRAUCHT EINEN KLEINEN ANSTOSS.
EINES DREHT SICH IN DIE EINE RICHTUNG, WÄHREND DAS ANDERE SICH IN DIE ANDERE DREHT, DANN –
AH AW
BEIDE ZEIGER WERDEN ANHALTEN, UND DANN BEGINNEN SIE SICH WIE EINE KREISSÄGE ZU DREHEN.
JA, ES IST DIE HAUPTFEDER, IN DER TAT, ES IST DIE HAUPTFEDER.
HAH
TSCHI
WATCH
AND
CLOCK
SATISFACTION
GUARANTEED.
GIVE US
A CALL
09-18-1904
WINSOR McCAY

ER KONNTE ES EINFACH NICHT STOPPEN
LITTLE SAMMY SNEEZE
ER WUSSTE NIE WANN'S PASSIERT
THE VILLAGE BLACKSMITH
ICH SAG DIR, DA LIEGST DU FALSCH, UND ICH ERKLÄR DIR AUCH, WARUM.
HEY, JUNGE! WILLST DU ARBEITEN? BÜRSTE ALLE FLIEGEN VON DIESEM PFERD!
UM
THE VILLAGE BLACKSMITH
ZUM BEISPIEL, NIMM MAL, NIMM ZUM BEISPIEL EINEN MANN WIE –
GEH RÜBER, KOMM SCHON! STEIG RÜBER. WENN DU SCHLAU WÄRST, WÜRDEST DU –
EE AA
THE VILLAGE BLACKSMITH
SAGEN WIR MAL PARKER, WARTE EINE MINUTE, ICH ERKLÄR'S DIR. NUN –
ROOSEVELT WIRD SKILO COUNTY MIT LEICHTIGKEIT GEWINNEN UND WOHL AUCH SECHS BEZIRKE IN BAISYVILLE
AH
NOCH MAL NACHLESEN
THE VILLAGE BLACKSMITH
NIMM EINEN MANN WIE – OH ICH WEISS, ABER SKILO COUNTY IST NICHT DIE USA.
DIE WAHL IN SKILO COUNTY – DER JUNGE WIRD SEIN INNERSTES NACH AUSSEN KEHREN, WENN ER NICHT VERDAMMT
SKILO SIND NICHT DIE GESAMTEN VEREINIGTEN STAATEN, ABER – HEY JUNGE, WEG MIT DEN FLIEGEN!
AW HA
E BLACKSMITH
TSCHI
SMITH
COPYRIGHT, 1904, BY THE NEW YORK HERALD CO.
09-25-1904 WINSOR McCAY

ER KONNTE ES EINFACH NICHT STOPPEN
LITTLE SAMMY SNEEZE
ER WUSSTE NIE WANN'S PASSIERT
AUF LÖWE! STEIG AUF D' PODEST, KOMM KOMM!
UM
TA TA TA TA! AUF HAB' ICH GESAGT! KOMM SCHON, ZEIG ES DEN LEUTEN! GUT!
EEE AAAA
WAS? DU WILLST NICHT GEHORCHEN? SCHÄME DICH!
AH AW
WENN IHR NOCH EINMAL ZANKT, WERD' ICH SAUER.
HA
TSCHI
10-09-1904
WINSOR McCAY

ER KONNTE ES EINFACH NICHT STOPPEN

LITTLE SAMMY SNEEZE

ER WUSSTE NIE WANN'S PASSIERT

ER KONNTE ES EINFACH NICHT STOPPEN
LITTLE SAMMY SNEEZE
ER WUSSTE NIE WANN'S PASSIERT
(COPYRIGHT, 1904, BY THE NEW YORK HERALD CO.)
JA, ALS ICH NOCH KLEIN WAR, WAR ICH SEHR MUSIKALISCH. DARUM SAGTE MEINE MUTTER –
WENN SANFT DIE ZEPHIRWINDE WEHEN, UND DER TAU IST IN DES MONDES RUND, -
UM
ACH WIE NETT!
IMMER, MEIN SOHN, PELISSA, WIRD EINES TAGES OPERNSÄNGER.
DANN LAUSCH' ICH, WIE DER ZIEGENMELKER PFEIFT DEM TAUCHER KUND
EE AAA
NEIN, WIE KLUG
NUN, EINES TAGES VERÄNDERTE SICH MEINE STIMME UND VATER SAGTE –
WENN MEINE LIEBE RUFT, UND MEIN HERZ NUR ZAGHAFT POCHT
AAH AWW
WAS FÜR EIN SEGEN
ER WIRD AUKTIONATOR STATT OPERNSÄNGER, ALSO WURDE ICH EINFACH
DENN DAS ABENDHORN ERTÖNT; ICH GLAUB', ES WIRD SCHNEIEN NOCH.
HAH
OH, WIE GRAUSAM
TSCHI
WINSOR MCCAY
10-16-1904

ER KONNTE ES EINFACH NICHT STOPPEN
LITTLE SAMMY SNEEZE
ER WUSSTE NIE WANN S PASSIERT
DU SITZT STILL, WÄHREND ICH DIESE PLÄTZCHEN MACHE. ICH WERD DIR VON DE GEISTERN ERZÄHLEN, DIE ICH IN EINE DUNKLE NACHT AUF EINE FRIEDHOF GESEHEN HABE. JA, ICH SAG, S WAR DUNKEL, –
UM
(COPYRIGHT, 1904, BY THE NEW YORK HERALD CO.)
ICH WAR UNTERWEGS, IN MEINE ANGELEGNHEITEN, ALS PLÖTZELICH EIN GROSSER GANZ WEISSE GEIST AUF MICH ZUKAM UND SAGT: DU MUSS MIT MIR KOMMEN. ICH SCHRIE UND SCHRIE, ABER –
EEE AAA
NIEMAND KAM. DANN KAME N ANDERE GEIST AUF MICH ZU, WEDELTE MIT SEINE ARMEN UND SAG: NIMM SIE MIT –
AAH AWW
ICH SAG: GEH WEG VON MIR, ICH WILL NICH MIT EUCH GEHN, IHR OLLEN GEISTERSE, DANN, DENK' ICH SO FÜR MICH, DA IS' NUR –
HA
TSCHI
10-23-1904
WINSOR MCCAY

ER KONNTE ES EINFACH NICHT STOPPEN
LITTLE SAMMY SNEEZE
ER WUSSTE NIE WANN'S PASSIERT
ICH WILL KEIN GELD VON EUCH, MEIN VATER IST MILLIARDÄR UND BESITZT DIE MINEN, AUS DENEN ALL DAS GOLD STAMMT. NUN –
BOSCO EATS THEM ALIVE
UM
MEIN VATER SAGTE: MEIN SOHN, GEH AUS UND GIB EIN ODER ZWEI MILLIONEN AUS UND MACHE DICH BEKANNT, UND DAS IST ES, WAS ICH NUN –
BOSCO EATS THEM ALIVE
EE AAA
VORHABE. ICH WERDE JEDEM VON IHNEN HEUTE GENUG GEBEN, UM DEN REST DES LEBENS BEHAGLICH ZU LEBEN. HÖRT ZU!
BOSCO EATS THEM ALIVE
AHH AW
HÖRT MIR ZU! KOMM HIERHER, ALVIN, KOMM DAZU UND NIMM DIR SELBST DAS GELD. ICH WERDE DIR DAS GANZE GOLD GEBEN, AUSSER –
HAA
TSCHI
BOSCO EATS THEM ALIVE
(COPYRIGHT, 1904, BY THE NEW YORK HERALD CO.)
11-13-1904
WINSOR MCCAY

ER KONNTE ES EINFACH NICHT STOPPEN
LITTLE SAMMY SNEEZE
ER WUSSTE NIE WANN'S PASSIERT
ACH! ICH FÜHLE MICH SO JUNG WIE VOR EINEM JAHR, JA WIRKLICH.
NUN, UND DU SIEHST NATÜRLICH AUCH GENAUSO JUNG AUS, OMA.
OPA, ICH SCHÄTZE, WIR SIND FERTIG. WENN DU DAS TISCHGEBET GESPROCHEN HAST, KÖNNEN WIR ANFANGEN.
UM
WIR HABEN UNS ALLE AN DIESEM SCHÖNEN ERNTEDANKTAG VERSAMMELT, UM UNSERE DANKBARKEIT –
EEE AAA
ZU ZEIGEN. UM FÜR DEN SEGEN ZU DANKEN, DER ÜBER UNS LAG, DIE GUTE ERNTE –
AW AHH
DASS WIR WIEDER VEREINT SIND, FÜR DAS, WAS WIR SCHON GENIESSEN KONNTEN, UND DAS, WAS WIR NOCH ERHALTEN WERDEN
HAA
TSCHI
(COPYRIGHT, 1904, BY THE NEW YORK HERALD CO.)
WINSOR McCAY 11-20-1904

ER KONNTE ES EINFACH NICHT STOPPEN
LITTLE SAMMY SNEEZE
ER WUSSTE NIE WANN'S PASSIERT
ICH HABE GEDACHT, VIELLEICHT KÖNNTEN WIR UNS EINEN –
JA, ICH MIR AUCH. WENN DU ES NICHT RUMERZÄHLST, WERDE ICH UNS EINEN KLEINEN SCHLUCK HOLEN, DU PASST JETZT AUF. MEINE FRAU RASTET AUS, WENN SIE ES JE ERFÄHRT.
UM
MEINE EBENFALLS. SIE IST SEHR GEGEN DAS TRINKEN VON ALKOHOL. WIE AUCH IMMER, SIE IST JETZT MIT REDEN BESCHÄFTIGT –
ACHTE NICHT AUF DEN JUNGEN. ACHTE NUR AUF DIE FRAUEN –
EEE AAAA
NIMM IRGENDWAS ALTES UND KLIRR NICHT MIT DEN GLÄSERN, MEINE FRAU KRIEGT EINEN ANFALL, WENN SIE UNS HÖRT –
WAS SOLL ICH NEHMEN? SCOTCH ODER KORN? EGAL, PASS EINFACH NUR AUF.
AAAH AWW
ICH MUSS LACHEN, WENN ICH DARAN DENKE, WAS UNSERE FRAUEN MACHEN WÜRDEN, – SIE SIND NICHT IN DER NÄHE, KEINE ANGST.
DAS IST NICHT ZUM LACHEN. DU KENNST MEINE FRAU NICHT. SIE IST DER PURE SCHRECKEN, WENN SIE ERSTMAL ANFÄNGT. PASS AUF, STOSS DAS NICHT GEGENEINANDER, HALT DIE LUFT AN
HA
SELTZER WATER
TSCHI
NUR DARAN ZU DENKEN, ALKOHOL ZU TRINKEN, DU HEIMLICHTUER
WO HABT IHR NUR EUREN VERSTAND?
11-27-1904
WINSOR MCCAY

ER KONNTE ES EINFACH NICHT STOPPEN
LITTLE SAMMY SNEEZE
ER WUSSTE NIE WANN'S PASSIERT
ALSO, DOKTOR! SIE MÜSSEN MIR NUR ETWAS GEBEN, DAS MEINE NERVEN EIN WENIG BERUHIGT, ICH DREHE NOCH DURCH.
ALSO DEINE MUTTER WILL, DASS ICH DIR ETWAS GEBE, DAMIT DU AUFHÖRST ZU NIESEN. GUT, BLEIB EINE MINUTE DA SITZEN UND ICH KÜMMER MICH DRUM, JA?
UM
PILLS
(COPYRIGHT, 1904, BY THE NEW YORK HERALD CO.)
OH! WAS IST DAS FÜR EIN PAPIER? WENN SIE IRGENDEIN MITTEL KENNEN, GEBEN SIE ES MIR SCHNELL, ICH BIN SO NERVÖS –
JA, JA, SCHON GUT, BERUHIGEN SIE SICH, BITTE BLEIBEN SIE RUHIG. LASSEN SIE MICH ZUERST MIT IHNEN REDEN. HABEN SIE DIE PILLEN GEWISSENHAFT GENOMMEN? SCHON GUT, JETZT –
EEE AAA
ICH BIN – GROSSER GOTT, IST DAS EIN LÖWE? DAS LETZTE MEDIKAMENT, DAS SIE MIR GABEN, WAR NUTZLOS.
BERUHIGEN SIE SICH EINFACH. BLEIBEN SIE NUR EINE MINUTE LANG RUHIG. SIE MÜSSEN SICH ETWAS BESSER BEHERRSCHEN, BITTE –
EEE AAA
ICH MUSS – OH! OH! WAS IST DAS? ICH KRIEGE EINEN ANFALL! GEBEN SIE MIR WAS, SCHNELL, MEINE NERVEN. ICH VERLIERE MEINE NERVEN. OH! –
WENN SIE SICH NUR FÜR EINE SEKUNDE BERUHIGEN WÜRDEN. SIE DÜRFEN HIER DRIN KEINEN ANFALL KRIEGEN. ICH BERUHIGE IHRE NERVEN, WENN SIE EINE MINUTE RUHIG STEHEN BLEIBEN.
HA
TSCHI
TAKE IT AWAY
TAKE IT AWAY
TAKE IT AWAY
TAKE IT AWAY
DOCTOR DOPE
12-04-1904 WINSOR McCAY

ER KONNTE ES EINFACH NICHT STOPPEN
LITTLE SAMMY SNEEZE
ER WUSSTE NIE WANN'S PASSIERT
DIE SPIELZEUGABTEILUNG? NATÜRLICH, M'AM; DRITTER GANG ZU IHRER LINKEN, NEHMEN SIE DEN AUFZUG INS DRITTE OBERGESCHOSS.
UM
LIZZIE HAT SOLCH EIN HÜHNERAUGE, SIE TANZT GAR NICHT MEHR
ICH HAB GEHÖRT, HERMAN GEHT NICHT MEHR MIT IHR TANZEN, ER IS' EIFERSÜCHTIG.
KOMM SCHON, SAMMY, WIR MÜSSEN UNS EIN BISSCHEN BEEILEN. ICH NEHME DICH NOCH MAL MIT,
EEE AAA
ICH GLAUBE, DIE NEUE ABTEILUNGSLEITERIN FÄRBT SICH MIT WALNUSS, ICH WEISS ES GENAU.
ICH SAH SIE GESTERN IM THEATER, MIT EINEM ALTEN HERRN ALS BEGLEITUNG, SO UM DIE HUNDERT JAHRE ALT.
WENN WIR MEHR ZEIT HABEN. DER WEIHNACHTSMANN WIRD –
XMAS PERFUMER AND SOAPS
AAH AW
MR. SLEDGE, ES TUT MIR UNGLAUBLICH LEID, HEUTE MORGEN SO RESPEKTLOS MIT IHNEN GESPROCHEN ZU HABEN.
GUT, TUN SIE ES NIE WIEDER, ODER ICH MUSS SIE MELDEN.
KOMM, LIEBLING, WIR KOMMEN WIEDER
DOMINOS
EXPRESS
HA
DOMINOS
TSCHI
12-11-1904
WINSOR McCAY

ER KONNTE ES EINFACH NICHT STOPPEN
LITTLE SAMMY SNEEZE
ER WUSSTE NIE WANN'S PASSIERT
UM
SAMMY IST EIN GUTER JUNGE. IMMER DAS GLEICHE. ARMER KLEINER JUNGE. JA.
(COPYRIGHT, 1904, BY THE NEW YORK HERALD CO.)
EE AAA
ICH WERDE ES SCHON GUT FÜR IHN MACHEN.
AAH AHW
OH, DER WIRD SICH WUNDERN, ICH WERDE ES FÜR IHN RICHTEN.
HAH
ICH HOFFE, ER SCHLÄFT. ER IST SO EIN LIEBES KIND.
M - MAMA P - PAPA OH MAMA
OH M - MAMA OMA PAPA MAMA MAMA
TSCHI
GROSSER GOTT
ALSO WIRKLICH, NICHT MIT MIR.
UM
WINSOR McCAY 12-18-1904

ER KONNTE ES EINFACH NICHT STOPPEN
LITTLE SAMMY SNEEZE
ER WUSSTE NIE WANN'S PASSIERT
DIE HOLDE JUBEL-ZEIT BEGINNT, ES IST DER WEIHNACHTSMORGEN, UND JEDER WÜNSCHT DEM NÄCHSTEN EINEN FROHEN TAG, GANZ OHNE SORGEN.
UM
SINGT VON GUTER KUNDE, MACHT EUCH FRÜH BEREIT, WENN HULD UND GÜTE SICH VERBINDEN, DANN IST FRÖHLICH' WEIHNACHTSZEIT.
EEE AAA
VON FROHEM GLÜCK GETRAGEN, HALLT UNSERE FREUDE WIEDER, SELBST UNSERE LEIDEND BRÜDER FINDEN TROST DURCH UNSERE FROHEN LIEDER.
AAH AWW
ÖFFNE UNSERE HERZEN, FÜR LIEB' UND IRDISCH HEIL, UND AUF JEDEM UNSERER WEGE HABEN SPEND' UND GROSSMUT IHREN TEIL.
HAH
TSCHI
ICH WEISS WIRKLICH NICHT MEHR, WAS ICH MIT DIR NOCH MACHEN SOLL.
(COPYRIGHT, 1904, BY THE NEW YORK HERALD CO.)
12-25-1904
WINSOR McCAY

ER KONNTE ES EINFACH NICHT STOPPEN
LITTLE SAMMY SNEEZE
ER WUSSTE NIE WANN'S PASSIERT
ESA MACKT MICH MUDE, DE GANZA ÄRGER ZU SEHN; JEDR MACKA ÄRGER.
DE ITALO-MANN MACKA KEIN ÄRGER, MACKA KEIN ÄRGER, FÜR NIEMAND, NEIN UND JEDR SAGT, ITALO-MANN MACKA GROSSE AUFREGUNG IN DIESE LÄNDER. ICH SEHEN NICHT, ICH SEHN ES NICHT.
UM
FRISCH ERDNÜSS
(COPYRIGHT, 1905, BY THE NEW YORK HERALD CO.)
IN SPANIEN, IN FRANKREICH, IN RUSSLAND, GROSSER ÄRGER, IN ITALION NO, ICH SEHN NICHT.
AMERIKANO SAGEN ITALO-MANN MACKA GROSSE AUFREGUNG! ICH SEHN NICHT. WIR LIEBEN DIESE LAND. AMERIKANO GUTES ORT FÜR DE ITALO-MANN; WIR MACKA KEIN ÄRGER.
EE AA
FRISCH ERDNÜSS
ITALO-MANN GUT IN ITALION, GUT IN AMERIKA, GUTT ÜBERALL, SERR ZUFRIEDEN.
IN DIESES LAND GUTA SCHUL, GUTTES RECHT, GROSSE GESCHÄFT, VIELE GELD, SCHÖN ZUHAUS: ITALO-MANN ZUFRIEDEN, KEIN BESCHWERDE VON ITALO-MANN.
AAH AW
FRISCH ERDNÜSS
ANDER LÄNDER NICHT SO GUT WIE DIESE, ZU VIEL ÄRGER, ZU VIEL TUMULT
IN EUROPION KEIN ZUFRIEDEN, GROSSE ENTTÄUSCH. UND SEHE DA KÖNIG DA BOMB BEKKOMMA, DA BOMB WERFEN, GROSSE EXPLOSCH –
HA
FRISCH ERDNÜSS
FRISCH ERDNÜSS
TSCHI
01-08-1905 WINSOR MCCAY

ER KONNTE ES EINFACH NICHT STOPPEN
LITTLE SAMMY SNEEZE
ER WUSSTE NIE WANN'S PASSIERT
WIE SIE SICH GEFÜRCHTET HABEN MÜSSEN, LONDON ZU VERLASSEN.
JA, SIR. ICH WERD DIESE HEISS ASCHEN ÜBER DAS EISIGE BODEN STREUN, DASS LEUTE NICH AUSRUTSCHE, WENN SE VORBEI GEHN. ICH RUTSCHTE SELBST MAL AUS UND ICH HAB'
UM
FOR ASHES ONLY
(COPYRIGHT, 1905, BY THE NEW YORK HERALD CO.)
WIR SEGELTEN IN LONDON AB AM –
WAR DER HERZOG AM PIER, ALS SIE –
FÜR NE WOCHE STERNE GESEHEN. DEIN PAPA WILL NICHT DASS KEINR RUTSCHT MEHR, NICH MEHR UND ALSO SAGT ER ZU MIR: PENDICITUS! DU STREUST ASCHEN HIER HIN, ICH WILL NICHT, DASS LEUTE AUF MEINE BODEN AUSRUTSCHE
EEE AAA
FOR ASHES ONLY
DER REIHE NACH: WIR SEGELTEN IN LONDON AB AM 10. UND NACH GROSSEN MÜHEN –
OH, ENTSCHULDIGEN SIE!
UN' MICH AUF TAUSEND DOLLAS VERKLAGN. SO HAB ICH MIR DISS FASS ASCHEN BESORGT, UND HIER BIN ICH UND TU GENAU DAS, WAS ER SAGT.
AAH AW
FOR ASHES ONLY
HATTEN WIR UNS GERADE SOWEIT ERHOLT, ALS EIN SCHRECKLICHER STURM LOSBRACH, NACH DEM UNSER SCHIFF IN EINEN DICHTEN NEBEL GETRIEBEN WURDE, WIR KONNTEN NICHT SEHEN –
ERZÄHLEN SIE WEITER! BITTE! WIE INTERESSANT! JA! WIRKLICH? JA! WEITER! JA! JA! OH, MEINE GÜTE –
HAH
FOR ASHES ONLY
TSCHI
01-15-1905 WINSOR McCAY

ER KONNTE ES EINFACH NICHT STOPPEN
LITTLE SAMMY SNEEZE
ER WUSSTE NIE WANN'S PASSIERT
OH, ICH WEISS DASS ICH HINFALLEN WERDE O-O-H-O-O JE
NEIN, WERDEN SIE NICHT. BLEIBEN SIE GANZ RUHIG UND ALLES IST IN -
UM
(COPYRIGHT, 1905, BY THE NEW YORK HERALD CO.)
OH, ICH WEISS, DASS ICH FALLEN WERDE. ICH BIN SO NERVÖS. OH OH!
JETZT, JETZT ZIEHEN SIE IHREN LINKEN FUSS VORWÄ - WARTEN SIE JETZT. JETZT DA -
EE AA
OH ICH BIN SO SO NERVÖS. ICH ICH ICH WEISS EINFACH, D D DASS ICH STÜRZEN WERDE.
DA. JETZT NICHT NICHT WARTEN WARTEN, JETZT IST ALLES IN ORDNUNG.
AAH AW
ICH BIN SO NERVÖS. ICH BIN SICHER, ICH STÜRZE. OH! OH!
JETZT GEHT ES DOCH SCHON - NEIN WERDEN SIE NICHT. DA - DA SIE, NEIN, SIE WERDEN NICHT. NEIN -
HAH
TSCHI!
WINSOR McCAY 01-22-1905

ER KONNTE ES EINFACH NICHT STOPPEN
LITTLE SAMMY SNEEZE
ER WUSSTE NIE WANN'S PASSIERT
DU MUSST BEIDE KRIEGEN, UM MICH ZU SCHLAGEN. ICH HAB SIEBEN KUGELN GESCHAFFT. ICH DENKE, DU BIST GESCHLAGEN.
NEIN, ICH BIN NICHT GESCHLAGEN, NOCH NICHT. ICH SPIELE EINE KOMBINATION: DIE GELBE KUGEL IN DIE ECKTASCHE.
TUT MIR LEID, ABER DU GEHST BESSER NICHT SO NAH RAN, SAMMY, ES IST FÜR DIE MEISTERSCHAFT ZWISCHEN–
UM
DU DENKST JETZT ANDERS ÜBER DIE MEISTERSCHAFT, NICHT WAHR? NACH EINEM STOSS WIE DIESEM HABE ICH DICH JETZT DRAN.
NEIN, HAST DU NICHT. DU LIEGST AN DER BANDE TOT. DU BIST FERTIG. DIE KUGEL MACHST DU NIE, SIE LIEGT TOT. DU GIBST BESSER AUF.
NEIN. JA. NEIN, WARTE! JA WARTE, JA, DU LIEGST TOT, WENN DU DIE KUGEL MACHST, IST DAS EIN WUNDER. ES TUT MIR LEID, ABER DAS SCHAFFST DU NICHT.
EEE AAA
DU BIST JETZT ERSCHÜTTERT. DU WIRST SIE GANZ SICHER VERSENKEN. WENN NICHT, DANN PASS AUF MICH AUF.
SEI EINFACH RUHIG, ICH WEISS, WAS ICH TUE. ROTE KUGEL IN DIE ECKTASCHE, AH DAS IST LEICHT, NICHT?
ICH WÜRDE IHN AN DER UNTEREN RECHTEN SEITE ETWAS ANSCHNEIDEN, ODER SIE GEHT MIT REIN! DU BIST RICHTIG GUT, WENN DU DAS SCHAFFST
AH AW
DAS HAB ICH MIR GEDACHT. SIE GEHT MIT REIN UND MACHT EINEN SCHÖNEN STOSS. DU BIST FERTIG HIER, ICH SAGS DIR. GEH REIN. GEH REIN IN DIE –
DAS IST ALLES IN ORDNUNG, DAS IST GUT, DAS IST OKAY. LASS SIE ALLEIN, ES IST MEINE, ES IST MEINE, ICH GEWINNE, DA GEHT SIE DIREKT REIN IN DIE-
SAMMY, OH SAMMY, GEH DA WEG! GEH WEG DA! GEH ZURÜCK, SAMMY! HEY!
HAA
UUUUUUF
VERSENKT, DAS IST BRUTAL!
TSCHI
(COPYRIGHT, 1905, BY THE NEW YORK HERALD CO.)
01-29-1905 WINSOR McCAY

ER KONNTE ES EINFACH NICHT STOPPEN
LITTLE SAMMY SNEEZE
ER WUSSTE NIE WANN'S PASSIERT
UM
ICH FRAGE MICH, WO SAMMY IST, ER IST AUF JEDEN FALL SEHR RUHIG, WO ER IST.
EEE AAA
SAAA - MEE OH SAMMY! WO BIST DU? UND WAS MACHST DU? OH SAMMY!
AHH AW
ICH HOFFE, ER IST NICHT RAUS-GEGANGEN. SAMMY, WARUM ANTWORTEST DU NICHT? CH JE, ICH MUSS DEN JUNGEN FINDEN.
HA
SAAA - ME OH SAMMY! ANTWORTE MIR! WO UM HIMMELS WILLEN BIST DU? SAAAMEEE! PST!
TSCHI
OH, DA IST ER. WENN ICH DIESEN LÜMMEL IN DIE HÄNDE KRIEGE, REISSE ICH IHN IN STÜCKE.
(COPYRIGHT, 1905, BY THE NEW YORK HERALD CO.)
WINSOR MCCAY
02-05-1905

ER KONNTE ES EINFACH NICHT STOPPEN
LITTLE SAMMY SNEEZE
ER WUSSTE NIE WANN'S PASSIERT
UM
LOS BEEIL DICH, ES GUCKT NIEMAND.
OH! SIE HABEN MEINEN KLEINEN SAMMY GESTOHLEN OH! OH! OH!
BEZAHLEN SIE 1.000.000 DOLLAR UND WIR WERDEN SAMMY ZURÜCKGEBEN. NEHMEN SIE SICH IN ACHT! DIE SCHWARZE HAND
SCHNELL. DA KOMMT DER KOPS. VERSTECK IHN!
REIN DAH KIND UND MACH BLOSS NICHT DEINE MUND AUF ODER ICH WERD DICH IN STÜCK REISSEN. GIB NICHTS VONN DIR, HÖRST DU?
EEE AAAA
HEY! HABEN SIE JEMANDEN MIT EINEM KIND HIER VORBEIGEHEN SEHEN?
JA, ICH BIN DRAN.
SAG IHM JA, SIE RANNTEN DIE STRASSE RAUF.
AAH AUW
WO LANG? SAGEN SIE SCHON. WO SIND SIE LANG GEGANGEN?
JA, VOR NER MINUTE HAB ICH SIE GEHN SEHEN. ZWEI MIT NEM JUNGE SIND DESE STRASSE LANG GERANNT.
DER JUNGE HAT GEWEINT. SE SIND DIESE WEG LANG GELAUFEN, DE HABN DEN JUNGEN GESTOLN.
HAH
TSCHI
02-12-1905
WINSOR McCAY
(COPYRIGHT, 1905, BY THE NEW YORK HERALD CO.)

ER KONNTE ES EINFACH NICHT STOPPEN
LITTLE SAMMY SNEEZE
ER WUSSTE NIE WANN'S PASSIERT
OH! ICH HAB NOCH VIELE ANDERE GESCHENKE GEKRIEGT, AUSSER DIESEM GESCHIRR, OH JA.
WIR SPIELEN HAUS UND ICH BIN EURE DIENERIN UND BEDIENE EUCH UND IHR MÜSST MIR AUFTRAGEN, DINGE HEREINZUBRINGEN. DU WIRST DIE LADY SEIN, JA?
UM
ICH WERDE SAMMY UND MISS MARION ZUM LUNCH BEWIRTEN.
ÄHM, OH, JA, HEHE.
UND SAMMY IST MEIN LIEBHABER UND WIR NENNEN DICH DIENY, JA? IST DAS NICHT-
EE AAA
IHR LIEBHABER WIRD SCHLÄFRIG, MISS MARION. ER WILL ETWAS TEE. DIENY! GEBEN SIE SAMMY ETWAS TEE.
ERLAUBT IHNEN IHRE MUTTER TEE ZU TRINKEN, MISTER? ES WIRD SIE AUFWECKEN, DENKE ICH.
ER TRINKT MILCH, WENN ER ZU HAUSE IST.
AHH AWH
HIMMEL! MARION, IHR LIEBHABER IST IN IRGENDWELCHEN SCHWIERIGKEITEN. SIE BRINGEN IHN BESSER NACH HAUSE.
SIEHT AUS, ALS WÜRDE ER UNS ALLE VERSCHLUCKEN.
OH SAMMY, NICHT! LASS UNS LIEB SPIELEN, MACH DAS NICHT.
HAH
TSCHI
ICH SEHE NICHT EIN, WARUM DU NICHT LIEB MIT DEINEN KLEINEN GÄSTEN SPIELEN KANNST.
(COPYRIGHT, 1905, BY THE NEW YORK HERALD CO.)
WINSOR McCAY 02-26-1905

ER KONNTE ES EINFACH NICHT STOPPEN
LITTLE SAMMY SNEEZE
ER WUSSTE NIE WANN'S PASSIERT
WAS HAST DU VOR? SCHWARTZMIER? PASS AUF!
KEINE ANGST, ICH WERDS EUCH ZEIGEN. GUCKT MIR EINFACH ZU UND LERNT DARAUS.
DU MUSST WAS TUN, WENN DU DAS SPIEL GEWINNEN WILLST. DU MUSST EINEN STRIKE SCHAFFEN.
UM
BRING NICHT DEN KEGELBOY UM. SEI VORSICHTIG. GANZ RUHIG.
HÖRT MIT DEN WITZEN AUF. NUN, IHR VERDAMMTEN AMATEURE, GUCKT EUCH DEN AN.
OH! WIR SEHEN DICH. ABER ZERBRICH NICHT DIE KEGEL ODER REISS DAS ENDE DES GEBÄUDES AUF, HÖRST DU?
EE AAA
AH! JETZT LEGT ER LOS.
JA, JETZT LEG ICH LOS. UND DEN STRIKE LEG ICH MIT HIN. GUCKT ZU.
DU MEINST DIE IMITATION EINES STRIKES. ZWEI ZU EINS, DASS DU NUR EINEN SPLIT SCHAFFST. BIST DU DABEI? WAS?
AH AW
SIE SIND RAUS! NUN LASS UNS EINFACH SEHEN, WAS DU SCHAFFST. ICH DENKE, DU BIST EIN BISSCHEN ANGEKNACKST.
HÖRT MIT DEM RUM-GEALBER AUF!
DAS SCHAFFST DU NIE. DU FÄNGST SCHON NICHT RICHTIG AN.
HAA
UHFF
TSCHI
NUN ZIEH DIR SCHNELL DEN MANTEL AN UND LAUF NACH HAUSE, HÖRST DU? LAUF!
IST DAS NICHT DEIN JUNGE, JOHN? NUN, DAS IST GUT.
03-12-1905
WINSOR McCAY

ER KONNTE ES EINFACH NICHT STOPPEN
LITTLE SAMMY SNEEZE
ER WUSSTE NIE WANN'S PASSIERT
DU SAGST, DASS DU SCHWIMME KANNST. ICH GLAUBS NICH'. ICH HÖR' DEINE MUTTER SAGEN, DASS SE DICH IM SOMMA ZU DEINE
OM
GROSSMAMA SCHICKE WILL. WENN DU DAHIN GEHST, KANNST DU SCHWIMME. ES GIBT DA NEN SEE, WO SIE WOHNT. EN RICHTGER SEE, UND WENN DU IN DIESE SEE
EEE AAA
HINEINSPRINGST, MUSST DU SCHWIMME ODER ERTRINKEN. UN' ICH WEISS, DU WILLST NICHT ERTRINKEN. ICH WEISS, ICH WILLE AUCH NICHT ERTRINKEN, ICH MAG WASSA –
AAH AW
ABER ICH SPRING NICH' IN KEINE SEE, OHNE DASS ICH SCHWIMME KANN, NOCH KANNE ICH SCHWIMME. ABER ICH KANNE GANZ FEST TRETE, DAS DICH VOM SINKEN HINDERT, GLAUB' ICH –
HAH
TSCHI
04-02-1905
DAS IS' DAS ZWEITE MAL, DAS S' WAS MIR HIER PASSIERT, MRS. SNEEZE, JES M'AM!
WINSOR MCCAY
(COPYRIGHT, 1905, BY THE NEW YORK HERALD CO.)

ER KONNTE ES EINFACH NICHT STOPPEN
LITTLE SAMMY SNEEZE
ER WUSSTE NIE WANN'S PASSIERT
(COPYRIGHT, 1905, BY THE NEW YORK HERALD CO.)
WIRD ER DAMIT JONGLIEREN?
WENN ER DAS AUF SEINEM KOPF BALANCIERT, IST ER EIN WUNDER.
IST ER'S NICHT?
UM
OH HIMMEL! SIEH, WAS ER VORHAT!
DAS IST DAS SCHWERSTE, WOVON ICH JE GEHÖRT HABE.
IST ER NICHT WUNDERVOLL?
EEE AAAA
SIEH DIR DAS NUR AN. IST ER NICHT FABELHAFT? SIEH NUR!
DAS SCHLÄGT ALLES, WAS ICH JEMALS GESEHEN HABE. ES IST EINFACH GROSSARTIG.
WIE MACHT ER NUR SO WUNDERVOLLE SACHEN?
AHH AWW
BRAVO!!
OH! SAG! IST DAS NICHT EINE TOLLE SHOW? IST ES NICHT TOLL, SCHATZ?
DIESES KUNSTSTÜCK ALLEIN IST DAS EINTRITTSGELD WERT. ES IST SUPER.
ICH HAB SO ETWAS NOCH NIE ZUVOR GESEHEN.
HAH
OH! OH! OH! WAS WAR DAS FÜR EIN SCHREI? OH! OH!
IRGENDWAS GING SCHIEF, ICH HÖRTE EIN-
JEMAND HAT GESCHRIEEN
TSCHI
BLEIBEN SIE SITZEN! BLEIBEN SIE SITZEN! ALLE! DIE SHOW IST NOCH NICHT VORBEI! ICH SAGTE, BLEIBEN SIE SITZEN! ES IST ALLES IN ORDNUNG! ICH BITTE SIE ZU BLEIBEN. DIE SHOW IST NOCH NICHT VORBEI. BLEIBEN SIE SITZEN!
04-09-1905
WINSOR McCAY

ER KONNTE ES EINFACH NICHT STOPPEN
LITTLE SAMMY SNEEZE
ER WUSSTE NIE WANN'S PASSIERT
ES IST SO EIN SCHÖNER TAG, NICHT WAHR SCHATZ? UND SO VIELE LEUTE DRAUSSEN.
UM
AM OSTERSONNTAG VOR SECHS JAHREN HABEN WIR SAMMY ZUM ERSTEN MAL MIT RAUS GENOMMEN, SIEHT ER NICHT SÜSS AUS MIT SEINEM-
EEE AAA
JA, ABER ICH DENKE, DU HÄTTEST IHM SEINEN NEUEN ANZUG EIN WENIG GRÖSSER MACHEN LASSEN KÖNNEN, ER WÄCHST SO SCHNELL AUS SEINEN SACHEN-
AHH AW
ER SIEHT EIN WENIG VERDRIESLICH AUS, ABER ER HAT-
IST DAS NICHT DIESER BUSTER BROWN?
NEIN, ER SIEHT MEHR AUS WIE TIGE
HAH
TSCHI
(COPYRIGHT, 1905, BY THE NEW YORK HERALD CO.)
WAS SOLLEN WIR BLOSS MIT IHM MACHEN? ICH BIN SO GEDEMÜTIGT, ICH WEISS NICHT MEHR, WAS ICH SAGEN SOLL -
WINSOR McCAY 04-16-1905

ER KONNTE ES EINFACH NICHT STOPPEN
LITTLE SAMMY SNEEZE
ER WUSSTE NIE WANN'S PASSIERT
DENKEN SIE NICHT AUCH, DASS WIR LANGE GENUG GESPIELT HABEN? ES WIRD SPÄT. MEINE FRAU WIRD -
NATÜRLICH SOLLTE ICH NICHT WIDERSPRECHEN, ABER ICH WÜRDE GERNE NOCH EIN PAAR RUNDEN SPIELEN. ICH ERÖFFNE DIESE -
ICH DENKE, WIR SOLLTEN SEHEN, WO WIR STEHEN. ICH BIN SEHR WEIT VORNE UND WILL NICHT AUFHÖREN - ICH BIN DABEI -
UM
WAS SAGEN SIE? SOLLEN WIR AUFHÖREN? ICH WERDE MÜDE UND - ICH BLEIBE AUCH DABEI
MEIN GLÜCK WECHSELT GERADE JETZT UND ICH WÜRDE GERNE NOCH EIN PAAR HÄNDE MEHR SPIELEN, ICH SETZE 10-
ICH WILL NICHT SCHULD SEIN, ABER VIELLEICHT SIND SIE SPÄTER NOCH SCHLECHTER DRAN - ICH ERHÖHE UM 10 - ICH DENKE WIR SOLLTEN ZUSAMMENZÄHLEN.
EEE AAAA
ICH BIN DRIN - ICH BIN BEREIT, DANN AUFZUHÖREN, WENN IHR JUNGS ES AUCH SEID. ICH DENKE, ICH BIN VORNE -
ICH BIN DEUTLICHER VERLIERER UND SEHR BEMÜHT AUFZUHOLEN - JETZT KOSTET ES 20 MITZUGEHEN -
ICH GLAUBE, DU HAST WAS IM ÄRMEL, ABER ICH BLEIB DRIN. ICH DENKE NACH DIESER RUNDE SOLLTEN WIR AUSZÄHLEN.
AHH AWW
ICH SETZE IHRE 20 UND ERHÖHE UM WEITERE 20. UND ICH WILL-
ICH HABE SIE. BLEIBEN SIE RUHIG UND BLEIBEN SIE NOCH EINE WEILE LÄNGER, UM MIR EINE CHANCE ZU GEBEN -
ICH DENKE, ICH BIN RAUS, DAS IST ZUVIEL FÜR MICH. JA, ICH BIN RAUS. WIR ZAHLEN AN UND SEHEN WIE WIR DA STEHEN UND DANN-
HAH
TSCHI
(COPYRIGHT, 1905, BY THE NEW YORK HERALD CO.)
WIR KÖNNEN JETZT NATÜRLICH NICHT AUSZÄHLEN. NEIN, MEIN HERR, NICHT MEHR, OH!
04-30-1905 WINSOR McCAY

ER KONNTE ES EINFACH NICHT STOPPEN
LITTLE SAMMY SNEEZE
ER WUSSTE NIE WANN'S PASSIERT
WIE GEHT ES IHNEN DENN, MEINE LIEBE? ICH BIN SO FROH, SIE ZU SEHEN, SO ERFREUT-
OH, MEINE LIEBE MRS. SNEEZE, ICH BIN FROH, DASS SIE VORBEIKAMEN. SIE SIND SO GUT.
UM
KOMM! HENRIETTA, OH! HENRIETTA! DAS IST DER KLEINE SAMMY SNEEZE. SEI NICHT SO ABWEISEND. ER IST SO EIN NETTER KLEINER JUNGE. DU MUSST JETZT NETT ZU IHM SEIN. ER KAM, UM DICH ZU BESUCHEN.
EEE AAA
WIR HABEN EIN BISSCHEN KARAMELKONFEKT GEMACHT, UND ICH SCHÄTZE, SIE SCHMOLLT, WEIL WIR ES FÜR EINEN MOMENT GELASSEN HABEN.
ES IST EINFACH ENTZÜCKEND DRAUSSEN, ICH BIN FROH, DASS DER SOMMER KOMMT.
WIR SIND SO FROH, DASS SIE KAMEN. WIR FRAGTEN UNS –
JETZT WEIN DOCH NICHT, HENRIETTA. ICH GEHE UND HOLE DAS KONFEKT, UND DU UND SAMMY UND ICH WERDEN UNS IRGENDWO HINSETZ-
AAH AW
NUN! WIE GEHT ES IHNEN ALLEN? ICH HATTE VOR, AUSZUGEHEN UND SIE ZU SEHEN, ABER DAS WETTER, SIE WISSEN-
WARUM WEISS ICH NICHT, MEINE LIEBE, DASS ES-
WARTET EINFACH DA, BIS ICH WIEDERKOMME, UND DANN WERDEN WIR EIN PAAR TOLLE HEISSE SCHLECKEREIEN HABEN. ICH GEHE UND HOLE SIE REIN, OKAY?
HA
AM MONTAG WAR ICH EINKAUFEN, AM DIENSTAG HATTE ICH BESUCH UND AM MITTWOCH HABE ICH MICH NICHT WOHL GEFÜHLT-
WIR HÖRTEN, DASS SIE KRANK SEIEN, MRS. BROWN BESUCHTE UNS GESTERN UND SPRACH DAVON. SIE HABEN SIE-
OH! ES NIMMT EINFACH ALLE ZEIT IN ANSPRUCH, SICH AUF DEN SOMMER VORZUBEREITEN, ES GIBT SO VIEL ZU BE-
TSCHI
WOW
OH! OH! SAMMY! WAS? WARUM KAMST DU NICHT ZU-
WAS WAR DAS? OH!-
(COPYRIGHT, 1905, BY THE NEW YORK HERALD CO.)
05-07-1905 WINSOR MCCAY

ER KONNTE ES EINFACH NICHT STOPPEN
LITTLE SAMMY SNEEZE
ER WUSSTE NIE WANN'S PASSIERT
(COPYRIGHT, 1905, BY THE NEW YORK HERALD CO.)
IST DAS NICHT TOLL? IST DAS NICHT EINFACH GROSSARTIG, SAMMY? EH? SCHAU MAL DEN TROMPETER. SIEH' DIR DIE SCHÖNEN PFERDE AN. WIR MÜSSEN PAPA FRAGEN,
BIGGEST CIRCUS ON EARTH
UM
UNS MIT ZUR VORSTELLUNG ZU NEHMEN. SCHAU DIR DIESEN PRÄCHTIGEN GRUPPENWAGEN AN, UND, OH, DA KOMMEN DIE KAMELE.
AAA EEE
OH, SIND DIESE ELEFANTEN NICHT GEWALTIG. SCHAU, WIE GEDULDIG SIE SIND. UND STELL' DIR NUR MAL VOR, SAMMY, WAS SIE TUN KÖNNTEN, WENN –
AAH AWW
SIE WOLLTEN, WENN SIE BÖSE WERDEN, ABER SIE WERDEN NUR SELTEN BÖ–
HAH
HALLO, MISS KATE, KOMMEN SIE HEREIN UND SCHAUEN SIE MIT AUS UNSEREM FENSTER.
TSCHI!
DIE BESCHWERDE LAUTET: EINE DYNAMIT-BOMBE, MADAM, WURDE AUS IHREM FENSTER GEWORFEN. ICH BIN GEKOMMEN, DIES ZU UNTERSUCHEN.
NEIN! DAS MUSS EIN IRRTUM SEIN. MEIN KLEINER SOHN HAT DIE ÜBLE ANGEWOHNHEIT ZU NIESEN. ER HAT NUR GENIEST. ICH VERSICHERE IHNEN, ER KANN ES WIRKLICH NICHT VERHINDERN.
05-14-1905
WINSOR McCAY

ER KONNTE ES EINFACH NICHT STOPPEN
LITTLE SAMMY SNEEZE
ER WUSSTE NIE WANN'S PASSIERT
SCHNAPP! MACH MAL, KNÖCHEL RUNTER, KNÖCHEL RUNTER.
EVERYS! MITTEN DURCH, AUF DEN DICKEN.
UM
NOCH MAL! AH! KOMM, MACH NOCH MAL. OH, ICH SEHE, DU –
WARUM? HAB ICH KEINE GETROFFEN?
EEE AAA
DU KANNST SO TOLL ZIELEN. TRIFF DOCH SELBER EIN PAAR –
DU HAST DAS LETZTE MAL GEPFUSCHT, HÖRST DU? ICH HABS GESEHEN.
ICH HATTE DIE KNÖCHEL AUF DER ERDE, DAS LETZTE MAL, UND DU NICHT; KOMM, MACH WEITER.
AH AWW
IRGENDJEMAND HAT EINE MURMEL GEMOPST. EINE GLASMURMEL FEHLT.
KEIN WUNDER, WENN DER DICKE HIER HERUMLUNGERT!
AH, KOMM SCHON, DU MUSST NUR RICHTIG HINKUCKEN
HAH
TSCHI
LASS MICH IHN VERTRIMMEN, LASS MICH!
VERPRÜGEL IHN, VERPRÜGEL IHN ORDENTLICH DAFÜR!
KOMM SCHON, VERSCHWINDE VON HIER ODER DU WIRST NOCH VERLETZT.
05-28-1905
(COPYRIGHT, 1905, BY THE NEW YORK HERALD CO.)
WINSOR McCAY.

ER KONNTE ES EINFACH NICHT STOPPEN
LITTLE SAMMY SNEEZE
ER WUSSTE NIE WANN'S PASSIERT
ALSO! AUF WIEDERSEHEN, SAMMY. SEI EIN BRAVER JUNGE. GROSSVATER WIRD DICH MORGEN FRÜH TREFFEN. AUF WIEDERSEHEN.
UM
JES, SIR. ICH WERD GUT AUFPASSE AUF IHM; ER IS' GANZ SICHER BEI MIR.
SEINE GROSSELTERN WERDEN AM MORGEN KOMMEN UND IHN ANZIEHEN. NEHMEN SIE DAS HIER UND PASSEN SIE AUF IHN AUF, OKAY?
KRRRH! KRRRRH KRRH!
BSSS BSSBS
CHR BSS
EEE AAA
TSEPÜÜÜHHH .. TSEPÜÜÜÜHH.. .... TSEPÜÜH
MMBSS! ..FFFF.. MHBSS!
KRRRH SCHNORCH KRRRRHHH! KRHH
Z.Z.Z.Z Z.ZZ.Z.
ZIZEBÜÜÜ ZIZEBÜÜÜÜÜ ... PHPHPH... ZIZEBÜÜÜÜ..
AWW
SCHSCHHH.. SCHHH... SCHHHHHH
SÄÄÄÄG ....
CHCHFFFCH CHFFCH!
MHBSS RACHPUU MHHBSSS RACHPU BSSMHHH Z.Z..ZZ
CHR! CHHHH CHR!
ROHROH ZZ.ZZ.Z ROHROH!
PFEIFPIEFF RAPÜÜÜ PFEIFPIEFF RAPÜÜ
BSSS BSSBS
PHPH PHPH
HAH
(COPYRIGHT, 1905, BY THE NEW YORK HERALD CO.)
TSCHI
06-04-1905
WAS WAR DAS? EINE EXPLOSION? GROSSER GOTT, ERZÄHLEN SIE SCHON.
WO SIND WIR REINGEFAHREN? AUF WAS SIND WIR GETROFFEN? WAS – WER?
WAS – WER – WIE – WO SIND WIR? WAS IST IN DIE LUFT GEFLOGEN? SAGEN SIES UNS!
NICHTS WICHTIG, NICHTS PASSIERT, S'WAR DER KLEINE JUNGE HIER, D'S ALLES, NICHTS WICHTIG.
KOLLISION? LECK? WAS WAR DAS?
SAGEN SIES SCHON! WAS IST ES? REDEN SIE! IST ES KAPUTT? REDEN SIE SCHON, ALTER MANN!
WINSOR McCAY

ER KONNTE ES EINFACH NICHT STOPPEN
LITTLE SAMMY SNEEZE
ER WUSSTE NIE WANN'S PASSIERT
(COPYRIGHT, 1905, BY THE NEW YORK HERALD CO.)
DU HAST NOCH NIE KLEINE KÜKEN GESEHEN, ODER, SAMMY? SIND SIE NICHT SÜSS? SIEH NUR, WIE SIE PICKEN -
UM
VERSCHWINDE DA, DU GROSSER HAHN, UND LASS DIE KLEINEN BABYKÜKEN ETWAS ESSEN, GEH WEG DA -
EEE AAA
DIESE GESPRENKELTE HENNE IST DIE MUTTER. WIR WERDEN SIE ETWAS PICKEN LASSEN, DAMIT SIE DEN BABYS ZEIGEN KANN, WIE MAN ISST -
AHH AW
SIEH! SIND SIE NICHT HUNGRIG, NUN IHR ANDEREN GROSSEN, ZURÜCK MIT EUCH. WERDET IHR -
HAH
UM HIMMELS WILLEN, SAMMY, WAS HAST DU?
TSCHI
WIR MÜSSEN ZUM HAUS GEHEN UND UNS DORT ABBÜRSTEN; DU HAST EINEN FÜRCHTERLICHEN NIESER.
06-18-1905
WINSOR McCAY

ER KONNTE ES EINFACH NICHT STOPPEN
LITTLE SAMMY SNEEZE
ER WUSSTE NIE WANN'S PASSIERT
(COPYRIGHT, 1905, BY THE NEW YORK HERALD CO.)
ALLES RUND GEBUNDEN MIT EINEM WOLLFADEN. SO, BOSS, SO! AYE DE I LA OH LA EE, HALLO SAMMY, WIE GEHT'S DIR DENN SO?
UM
SO! SO, BOSS. ICH SCHÄTZE, IHR HABT KEINE KÜHE IN DER STADT, ODER? OH AYE LE OH. SO, SOANCHE! MAGST DU FRISCHE MILCH? –
EEE AAA
AH, SAHNE UND BUTTERMILCH. DAS WIRD DEINE MUSKELN STÄRKEN. I DE I DIDDLE DE DEE –
AW AHH
HAT DEIN GROSSVATER DIR DIE KLEINEN KÄLBCHEN DORT DRÜBEN GEZEIGT? SO! SO, BOSS! SIE MÖGEN MILCH, DARAUF KANNST DU WETTEN. AH LA –
HAH
TSCHI
JETZT WIRST DU GANZ SCHNELL VON HIER VERSCHWINDEN!!
06-25-1905 WINSOR McCAY

ER KONNTE ES EINFACH NICHT STOPPEN
LITTLE SAMMY SNEEZE
ER WUSSTE NIE WANN'S PASSIERT
(COPYRIGHT, 1905, BY THE NEW YORK HERALD CO.)
SEIN NAME IST SALOMON, UND ER IST SO GUT. ER LÄUFT NIEMALS DAVON, ER HÄLT MAL FÜR KURZE ZEIT STÖRRISCH AN, ABER NIEMALS ERNSTHAFT. DER EINZIGE FEHLER, DEN ER HAT UND DEN ICH KENNE, IST, DASS ER SO FAUL IST WIE ES EBEN GEHT.
UM
OH JE! ICH HOFFE, ER STRÄUBT SICH NICHT, DENN EIN ZUG KOMMT. OH! WEITER! WEITER! WEITER! OH! SIEH IN DIR AN! NATÜRLICH BLEIBT ER STEHEN UND BOCKT. OH -
EEE AAA
WEITER! OH WEITER! OH! OH, ER GEHT NICHT WEITER! WEITER! DU FAULES STÜCK, MACH! OH, WAS SOLLEN WIR TUN? WEITER! SAMMY, LIEBLING, RAUS HIER. WEITER! OH!
AHH AWW
STEIG AUS! SAMMY. WEITER! MACH SCHON! OH! OH! LIEBLING! WEITER! WEITER! RETTE UNS! OH WEITER!
HAH
TSCHI!
HIER STEHT, WAS SAMMYS MUTTER ÜBER IHN SCHRIEB - „WIR SIND SO FROH, DASS ER EINMAL ZUR RICHTIGEN ZEIT GENIEST HAT, ABER SEID VORSICHTIG MIT IHM BEI DEN PFERDEN, ICH SCHÄTZE, DER ESEL DACHTE, DER ZUG HÄTTE IHN GETROFFEN, ALS ER NIESTE. WIR SIND GLÜCKLICH, WENN WIR WISSEN, DASS ER SICHER IST. –
WINSOR McCAY
07-02-1905

ER KONNTE ES EINFACH NICHT STOPPEN
LITTLE SAMMY SNEEZE
ER WUSSTE NIE WANN'S PASSIERT
ALSO, IHR EHEMANN IST IM APRIL GESTORBEN, NUR ZWEI MONATE NACHDEM MEINE FRAU VERSCHIEDEN IST, NICHT WAHR?
JA, ARMER KERL. FRÜH IM APRIL. ICH VERMISSE IHN MANCHMAL, ABER ZUERST DACHTE ICH, ICH WÜRDE NIEMALS -
UM
BEI MIR DAS GLEICHE. ICH DACHTE, KEINE FRAU KÖNNTE IHREN PLATZ EINNEHMEN, ABER ICH WEISS NICHT, OB SIE -
ES IST ERSTAUNLICH, WIE MAN SELBST DEN LIEBSTEN GEFÄHRTEN VERGISST. SIE ERINNERN MICH SO SEHR AN MEINEN TOTEN EHEMANN -
EEE AAA
DAS IST ES, WAS ICH SIE FRAGEN WOLLTE. HAHA! UND WISSEN SIE, WIE SIE MEINER FRAU ÄHNELN? IHRE AUGEN, HAHA! -
HAHA! DAS MACHT ES FÜR UNS BEIDE ANGENEHM. IST ES NICHT EIN SCHÖNER TAG? HAHA! FÜHLEN SIE SICH JEMALS EINSAM -
AHH AW
SAG. AH - ICH - AH - WAR - EH - EHEM - ICH - WAS ICH GERADE SAGEN WOLLTE, WAR - AH - OH - JA - ICH -
WAR ES DAS WETTER? DER SCHÖNE TAG? OH JA WIR REDEN ÜBER UNSERE -
HAH
(COPYRIGHT, 1905, BY THE NEW YORK HERALD CO.)
TSCHI
07-09-1905
ICH KRIEGE DIESES KIND. ICH KENNE IHN. ER IST DA DRÜBEN ZU BESUCH. ICH KENNE SEINEN GROSSVATER. ICH KRIEGE IHN, ICH KRIEGE IHN.
WINSOR McCAY

ER KONNTE ES EINFACH NICHT STOPPEN
LITTLE SAMMY SNEEZE
ER WUSSTE NIE WANN'S PASSIERT
(COPYRIGHT, 1905, BY THE NEW YORK HERALD CO.)
ES WAR GUT, DASS WIR IN DEN KORNSPEICHER GEGANGEN SIND, SONST HÄTTEN WIR NIE DIESE SÜSSEN KLEINEN KATZENBABIES BEMERKT.
UM
JETZT WERDEN WIR SIE IN DIESE SCHÖNE WARME KISTE TUN. DANN KÖNNEN SIE NICHT WEGLAUFEN ODER SICH VERLETZEN.
EEE AAA
UND WIR KÖNNEN RAUSKOMMEN UND SIE VIEL ÖFTER SEHEN, ALS WENN SIE NOCH IM ALTEN
AAH- AW
KORNSPEICHER WÄREN, SAMMY. DU PASST AUF SIE AUF, WÄHREND ICH GEHE, UM IHNEN EIN WENIG GUTE WARME MILCH ZU HOLEN –
HAH
TSCHI
AW! JA, ARME, KLEINE BABIES. AW! DIE ARME MAMI HATTE ANGST, SIE ZU VERLIEREN
07-16-1905 WINSOR McCAY

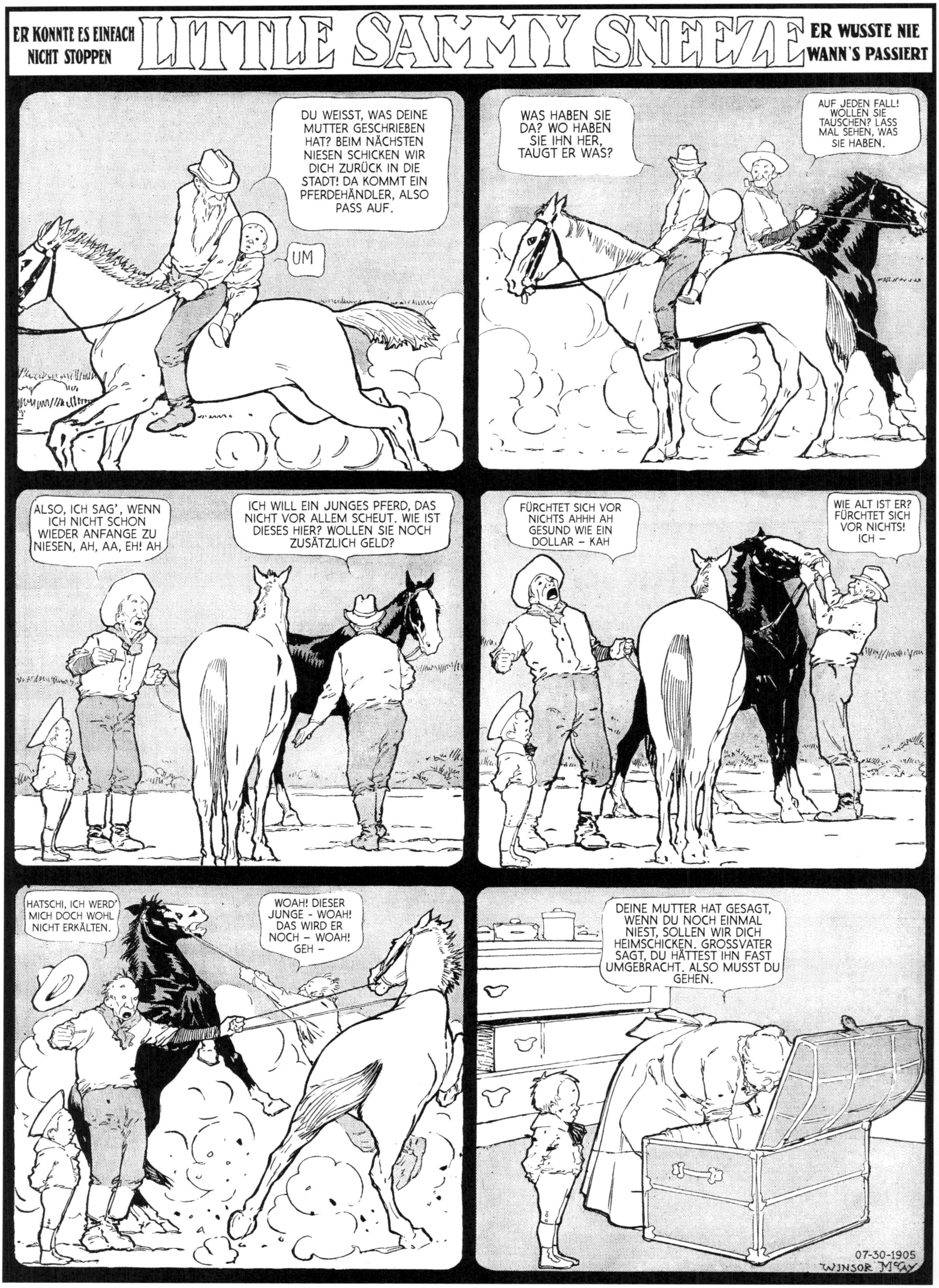
ER KONNTE ES EINFACH NICHT STOPPEN
LITTLE SAMMY SNEEZE
ER WUSSTE NIE WANN'S PASSIERT
DU WEISST, WAS DEINE MUTTER GESCHRIEBEN HAT? BEIM NÄCHSTEN NIESEN SCHICKEN WIR DICH ZURÜCK IN DIE STADT! DA KOMMT EIN PFERDEHÄNDLER, ALSO PASS AUF.
UM
WAS HABEN SIE DA? WO HABEN SIE IHN HER, TAUGT ER WAS?
AUF JEDEN FALL! WOLLEN SIE TAUSCHEN? LASS MAL SEHEN, WAS SIE HABEN.
ALSO, ICH SAG', WENN ICH NICHT SCHON WIEDER ANFANGE ZU NIESEN, AH, AA, EH! AH
ICH WILL EIN JUNGES PFERD, DAS NICHT VOR ALLEM SCHEUT. WIE IST DIESES HIER? WOLLEN SIE NOCH ZUSÄTZLICH GELD?
FÜRCHTET SICH VOR NICHTS AHHH AH GESUND WIE EIN DOLLAR – KAH
WIE ALT IST ER? FÜRCHTET SICH VOR NICHTS! ICH –
HATSCHI, ICH WERD' MICH DOCH WOHL NICHT ERKÄLTEN.
WOAH! DIESER JUNGE - WOAH! DAS WIRD ER NOCH – WOAH! GEH –
DEINE MUTTER HAT GESAGT, WENN DU NOCH EINMAL NIEST, SOLLEN WIR DICH HEIMSCHICKEN. GROSSVATER SAGT, DU HÄTTEST IHN FAST UMGEBRACHT. ALSO MUSST DU GEHEN.
07-30-1905
WINSOR McCAY

ER KONNTE ES EINFACH NICHT STOPPEN
LITTLE SAMMY SNEEZE
ER WUSSTE NIE WANN'S PASSIERT
JETZT SEI VORSICHTIG, BRING NICHT ALLES DURCHEINANDER, ENTSPANN DICH, SCHATZ.
LASS DICH NICHT STÖREN. LASS UNS EINFACH ESSEN, ICH STERBE VOR HUNGER, ICH BIN VÖLLIG AUSGEHUNGERT.
UM
WARTE, LASS MICH DIE SACHEN NETT UND SCHÖN HINSTELLEN; WO SIND DIE OLIVEN?
BITTE MACH' KEINE UMSTÄNDE, SCHATZ. ICH KÖNNTE EIN ROHES NILPFERD VERPUTZEN.
EEE AAA
SOLL ICH DIR HELFEN? ICH DENKE, WIR KÖNNEN JETZT ESSEN.
ICH WEISS, ABER WARUM SOLL ES NICHT NETT AUSSEHEN?
NETT, QUATSCH. ES SIEHT GUT GENUG AUS, UM ZU ESSEN; EGAL WIE DU ES HINSTELLST; ES SIEHT GUT AUS.
AAH AW
(COPYRIGHT, 1905, BY THE NEW YORK HERALD CO.)
DER SALAT IST EINFACH TRAUMHAFT. AH! LECKER!
WIE IST DER KUCHEN? AUCH LECKER?
ICH WERDE EUCH GLEICH ZEIGEN, WIE MAN REINHAUT; UND WENN IHR NICHT BALD ANFANGT ZU ESSEN, WERDET IHR ...
HA
TSCHI
OH. WIR KÖNNEN NOCH EINIGES AUS DER KATASTROPHE RETTEN. EIN BISSCHEN SAND WIRD UNS NICHT SCHADEN, SCHÄTZE ICH, ODER?
MANCHMAL WÜNSCHE ICH, ER WÄRE NIEMALS GEBOREN.
KEIN WUNDER, DASS SEINE GROSSELTERN IHN NACH HAUSE GESCHICKT HABEN.
WINSOR McCAY 08-06-1905

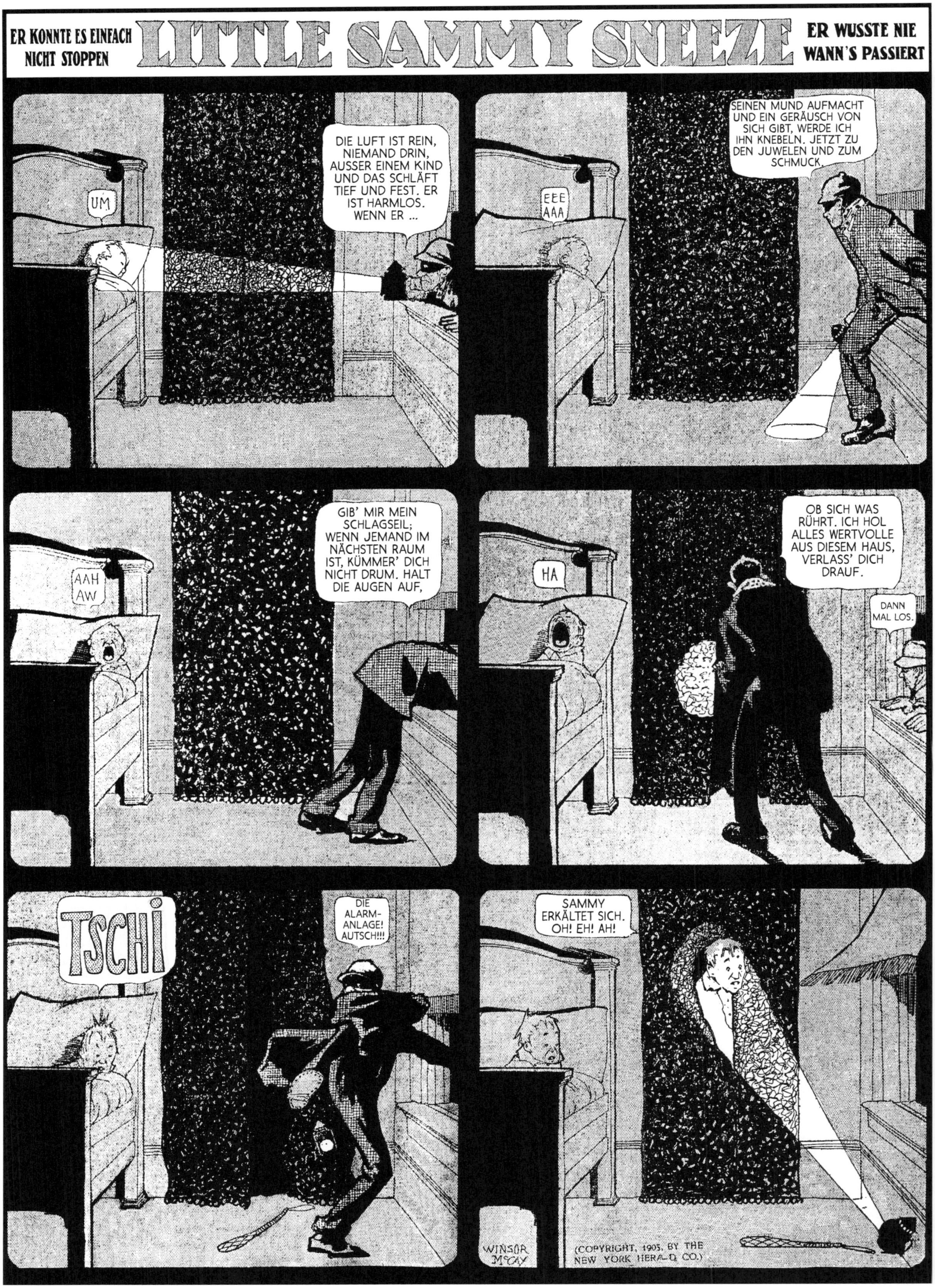
ER KONNTE ES EINFACH NICHT STOPPEN
LITTLE SAMMY SNEEZE
ER WUSSTE NIE WANN'S PASSIERT
UM
DIE LUFT IST REIN, NIEMAND DRIN, AUSSER EINEM KIND UND DAS SCHLÄFT TIEF UND FEST. ER IST HARMLOS. WENN ER ...
EEE AAA
SEINEN MUND AUFMACHT UND EIN GERÄUSCH VON SICH GIBT, WERDE ICH IHN KNEBELN. JETZT ZU DEN JUWELEN UND ZUM SCHMUCK.
AAH AW
GIB' MIR MEIN SCHLAGSEIL; WENN JEMAND IM NÄCHSTEN RAUM IST, KÜMMER' DICH NICHT DRUM. HALT DIE AUGEN AUF,
HA
OB SICH WAS RÜHRT. ICH HOL ALLES WERTVOLLE AUS DIESEM HAUS, VERLASS' DICH DRAUF.
DANN MAL LOS.
TSCHI
DIE ALARM-ANLAGE! AUTSCH!!!
SAMMY ERKÄLTET SICH. OH! EH! AH!
WINSOR MCCAY
(COPYRIGHT, 1905, BY THE NEW YORK HERALD CO.)

ER KONNTE ES EINFACH NICHT STOPPEN
LITTLE SAMMY SNEEZE
ER WUSSTE NIE WANN'S PASSIERT
BEVORZUGEN SIE DIE SEE? SIND SIE AUF DEM WASSER GLÜCKLICHER ALS AUF DEM LAND?
ICH HÖR' ETWAS SCHLECHT, SIE WERDEN LAUTER SPRECKEN MUSSEN.
UM
ICH SAGTE, LIEBEN SIE DAS WASSER, DEN OZEAN, LIEBEN SIE DIE HOHE SEE?
HOHEN SCHNEE? NEIN, ICH MAG KEINEN SCHNEE, NEIN.
AAA EEE
ICH MEINE NICHT „SCHNEE", ICH SAGTE, FÜHLEN SIE SICH AUF DER SEE EHER ZU HAUSE -
SIE MUSSEN ETWAS LAUTER SPRECKEN, ICH KANNICH –
AAH AWW
ICH FRAGTE SIE, OB SIE DAS LEBEN AUF SEE DEM LEBEN AUF DEM LAND VORZIEHEN.
ICH KANNICH VERSTEHEN, WAS SIE SAGEN, SPRECHEN SE LAUTER, ICH HÖR' NICH' GUT.
HAH
OH! O!!! OH!!! DIESER TABAK! OH „SAMMY"!
(COPYRIGHT, 1905, BY THE NEW YORK HERALD CO.) 10-01-1905
TSCHI
HA TSCHI
HAH TSCHI
HA TSCHII
DE JUNG' IST WIE NE KANONE, DIE IN MEINE SCHNUPFDOSE GENIEST HAT, JAWOLL.

ER KONNTE ES EINFACH NICHT STOPPEN
LITTLE SAMMY SNEEZE
ER WUSSTE NIE WANN'S PASSIERT
OH! HIER IST EIN SCHÖNES, GANZ GOLDEN, OH! IST DAS NICHT –
JA, ABER SCHAU DIR DIESES BLATT AN, WIE –
DAS IST WIE DIESES HIER. SAMMY, SAMMELST DU AUCH?
UM
SAMMY SCHEINT SICH NICHT UM HERBSTBLÄTTER ZU KÜMMERN –
JUNGEN TUN DAS NICHT. ICH GLAUBE ALLE –
ALLE JUNGEN? JA, SOLLTEN SAMMELN –
EE AAA
SAMMY MAG SEINE LEHRERIN NICHT GENUG DAFÜR –
GUT, DANN SOLLTE ER FÜR SEINE MUTTER SAMMELN –
SEINE MUTTER SAGT, ER BRINGT IHR NIE SCHÖNE BLÄTTER.
AHH AW
SAMMY! AN DIE ARBEIT – SUCH EIN PAAR SCHÖNE HERBST –
JA! DEINE MUTTER MAG SCHÖNE BLÄTTER.
WIR WERDEN IHR EINIGE BRINGEN. ICH WERDE EINIGE BESONDERS SCHÖNE AUSSUCHEN –
HAH
TSCHI
(COPYRIGHT, 1905, BY THE NEW YORK HERALD CO.)
WIR GEHEN NACH HAUSE, ZU SEINER MUTTER UND SAGEN'S IHR. ERBARMEN! MEINE AUGEN BRENNEN. OH!
WINSOR McCAY

ER KONNTE ES EINFACH NICHT STOPPEN
LITTLE SAMMY SNEEZE
ER WUSSTE NIE WANN'S PASSIERT
VERDAMMT! DER TIGER IST AUSGEBROCHEN! MIKE! OH! MIKE! HEY!
UM
BLEIB JETZT GANZ RUHIG, DANN GEHT ER VON SELBST WIEDER REIN.
NICHT BEWEGEN, SAG KEIN WORT, SEI EINFACH GANZ STILL.
EEE AAA
BLEIBEN SIE RUHIG, LADY; ER WIRD IHNEN NICHTS TUN, WENN SIE STILL BLEIBEN.
BLEIBEN SIE GANZ STILL STEHEN, BEWEGEN SIE SICH NICHT, LADY.
AWW HAH
HALTEN SIE DEN JUNGEN RUHIG UND SIE SIND SICHER.
NICHT BEWEGEN. NICHT ATMEN! ER WIRD IHNEN NICHTS TUN, LADY.
BLEIBEN SIE EINFACH STEHEN, WO SIE SIND, WENN SIE EINEN –
SPERRT IHN JETZT EIN, SCHLIESS DIE TÜR, SCHNELL, BEEIL DICH.
TSCHI
WER SAGTE SIE, IST SIE. IHR JUNGE IST EIN PRACHTBURSCHE. DAS ROTE HALSTUCH, DAS ER TRUG –
JA, ES REIZTE OLD PRINCE, ABER ALS ER DAS FÜRCHTERLICHE NIESEN HÖRTE, WAR ER FROH, WIEDER IN SEINEN KÄFIG ZURÜCKZUKOMMEN. ICH GLAUBE, SIE SAGTE, IHR NAME SEI SNEEZE.
(COPYRIGHT, 1905, BY THE NEW YORK HERALD CO.)
WINSOR MCCAY

ER KONNTE ES EINFACH NICHT STOPPEN
LITTLE SAMMY SNEEZE
ER WUSSTE NIE WANN'S PASSIERT
IST ER NICHT NETT, SAMMY? PAPA HAT IHN MITGEBRACHT, ER KANN TOLL SPRECHEN; ABER FASS IHN NICHT AN; LIEBLING; HÖR IHM MAL ZU, DARLING.
UM
(COPYRIGHT, 1905, BY THE NEW YORK HERALD CO.)
LIEBLING! DARLING! DU SIEHST ES! LASS MICH DIR WAS SAGEN: DU FASST MICH BESSER NICHT AN! WEM SCHNEIDEST DU DIESE GRIMASSEN? BIST DU DAS SCHMUSETIER DEINER MUTTER? DU SIEHST AUS WIE EIN TOLPATSCH; GEHST DU ZUR SCHULE?
EEE AAA
WENN JA, WETTE ICH, DU BIST DUMM. JETZT HÖR SCHON MIT DEN GRIMASSEN AUF, WENN DU MEIN FREUND SEIN WILLST. ICH WERDE DIR NICHTS TUN, DU BRAUCHST NICHT RUMZUHEULEN. NEIN, ICH –
AHH AW
WERDE DIR NICHT WEHTUN. HÖR AUF! TU DAS NICHT! NEIN, DEIN KOPF WIRD ABFALLEN. AW! DA HÖRT DIE FREUNDSCHAFT AUF, DU WILLST MICH VERSCHLUCKEN, MACH DEINE KLAPPE ZU! OH!
HA
TSCHI
SAMMY!
HAH TSCHI!!
HA TSCHII!!
AW HA TSCHHHI!
HAH TSCHII
HAH TSCHH!!
HA TSCHI!
ZU VERKAUFEN! BILLIG!
HA TSCHI!
WINSOR MCCAY

ER KONNTE ES EINFACH NICHT STOPPEN
LITTLE SAMMY SNEEZE
ER WUSSTE NIE WANN'S PASSIERT
ALSO SAMMY, DU WEISST, DASS DAS NICHT RICHTIG IST; EINS UND EINS IST NICHT SIEBEN, GENAUSO WENIG WIE ZWEI UND ZWEI SECHS IST. DU WEISST ES DOCH BESSER, SAMMY SNEEZE.
UM
1+1=7
2+2=6
KINDER, ICH MÖCHTE, DASS IHR EURE ZAHLEN SEHR DEUTLICH SCHREIBT; DER BESTE WIRD MORGEN MEIN HILFSLEHRER.
EEE AAA
LASS SEHN, DAS IST SEHR GUT; ICH WÜNSCHTE, SAMMY WÄRE GENAUSO –
AHH AWW
GUT. ER WIRKT SO DUMM, ICH WEISS NICHT MEHR WEITER MIT IHM. EGAL, MACHT WEITER, KINDER!
HAH
TSCHI!
(COPYRIGHT, 1905, BY THE NEW YORK HERALD CO.)
WINSOR McCAY

ER KONNTE ES EINFACH NICHT STOPPEN
LITTLE SAMMY SNEEZE
ER WUSSTE NIE WANN'S PASSIERT
HERR WACHTMEISTER, DIESER KLEINE JUNGE IST VERLOREN GEGANGEN; ER WEISS NICHT, WO SEINE MUTTER IST, SAGT ER.
UM
WO HAST DU DEINE MUTTER VERLOREN? WO IST SIE? WO WARST DU, ALS DU SIE VERLOREN HAST? NUN WEIN' DOCH NICHT!
ICH HAB IHN ALL DAS AUCH GEFRAGT UND –
FE AAA
WO WOHNST DU? WEIN' DOCH NICHT! KANNST DU MIR NICHT SAGEN, WO SIE HIN IST? HEUL' NICHT, ES WIRD SCHON ALLES WIEDER GUT!
ICH HAB DAS GESICHT SCHON MAL GESEHEN, ABER ICH –
AHH AWW
WIE HEISST DU? MACH DEN MUND ZU UND REDE MIT MIR! WIE HEISST DU? RED' SCHON, JUNGE!
ER SIEHT AUS WIE SAMMY SNEEZE, ABER –
HAH
TSCHI
OH, HERR WACHTMEISTER! ICH BIN SO FROH, MEINEN SOHN ZU FINDEN. ICH HÖRTE IHN NIESEN, UND WUSSTE, ES IST MEIN VERSCHWUNDENER JUNGE.
WINSOR McCAY.
COPYRIGHT, 1905, BY THE NEW YORK HERALD CO.

ER KONNTE ES EINFACH NICHT STOPPEN
LITTLE SAMMY SNEEZE
ER WUSSTE NIE WANN'S PASSIERT
UM
SEI BLOSS VORSICHTIG, JUNGE! SAMMY! PASS AUF! FALL BLOSS NICHT IN DEN KAMIN HINEIN!
(COPYRIGHT, 1906, BY THE NEW YORK HERALD CO.)
EEE AAA
WAS KOSTET ES MICH, DAS GANZE DACH ZU TEEREN UND KIES AUFZUTRAGEN?
WARUM WILLST DU'S NICHT MIT ZINN ABDECKEN? ICH WÜRD'S MACHEN.
AHH AW
ES LECKT ÜBERALL, ES TROPFT ÜBERALL INS HAUS, ICH MUSS ETWAS TUN.
ICH WÜRDE DIE UNDICHTEN STELLEN ABDICHTEN, ABER –
HA
WIR HABEN GESTERN ABEND UNTER REGENSCHIRMEN ABENDBROT GEGESSEN, SAG' ICH DIR –
DU BRAUCHST ALSO EIN GUTES NEUES DACH, KOMPLETT NEU.
DER JUNGE WIRD SICH EINES TAGES SEINEN KOPF NOCH WEGNIESEN! HEY, HÖR AUF ZU NIESEN, JUNGE!
TSCHI!
HIMMEL! WAS KÖNNTE DIESE EXPLOSION AUSGELÖST HABEN? OH!
WINSOR McCAY

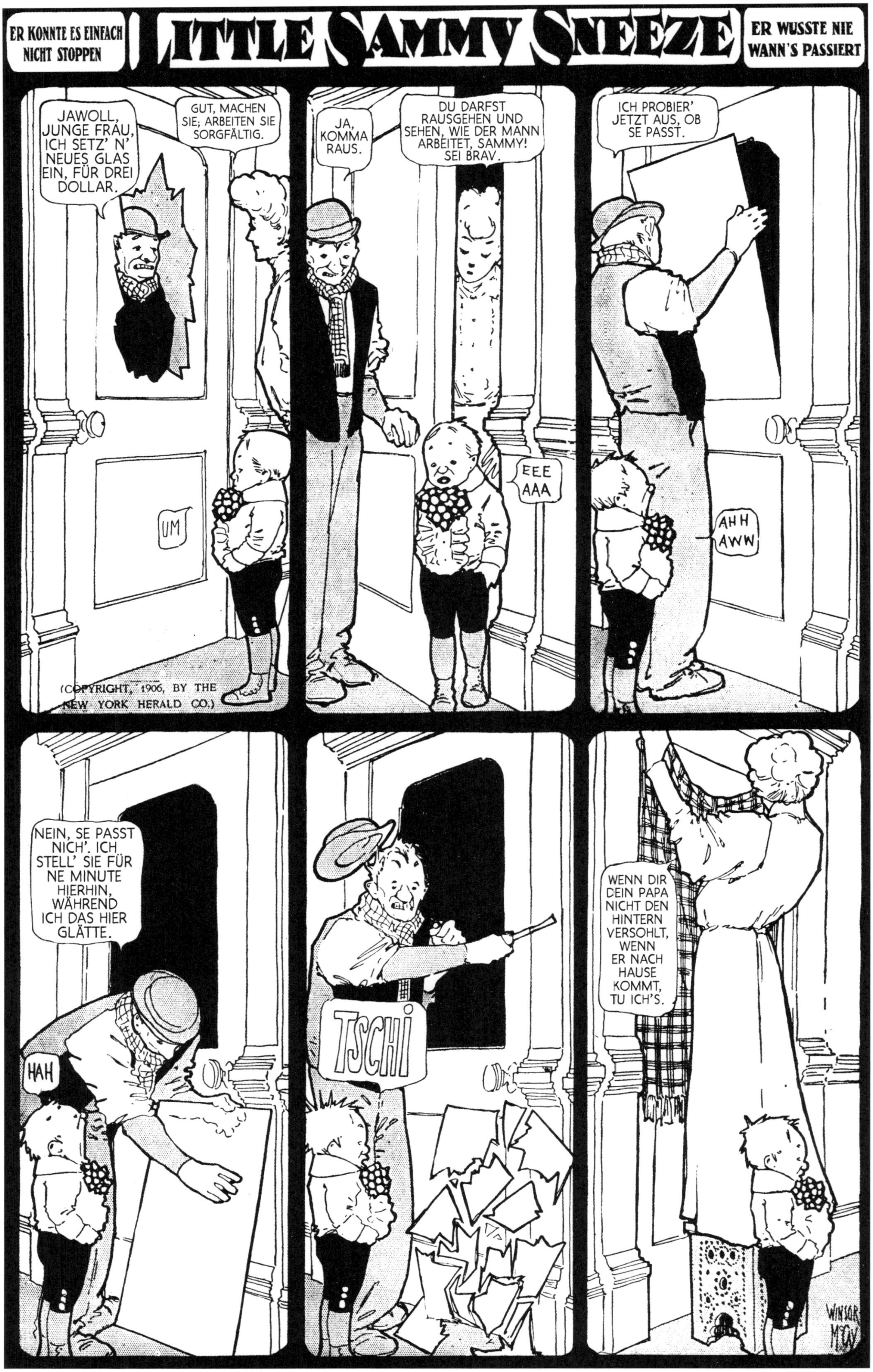
ER KONNTE ES EINFACH NICHT STOPPEN
LITTLE SAMMY SNEEZE
ER WUSSTE NIE WANN'S PASSIERT
JAWOLL, JUNGE FRAU, ICH SETZ' N' NEUES GLAS EIN, FÜR DREI DOLLAR.
GUT, MACHEN SIE; ARBEITEN SIE SORGFÄLTIG.
UM
(COPYRIGHT, 1906, BY THE NEW YORK HERALD CO.)
JA, KOMMA RAUS.
DU DARFST RAUSGEHEN UND SEHEN, WIE DER MANN ARBEITET, SAMMY! SEI BRAV.
EEE AAA
ICH PROBIER' JETZT AUS, OB SE PASST.
AHH AWW
NEIN, SE PASST NICH'. ICH STELL' SIE FÜR NE MINUTE HIERHIN, WÄHREND ICH DAS HIER GLÄTTE.
HAH
TSCHI
WENN DIR DEIN PAPA NICHT DEN HINTERN VERSOHLT, WENN ER NACH HAUSE KOMMT, TU ICH'S.
WINSOR MCCAY

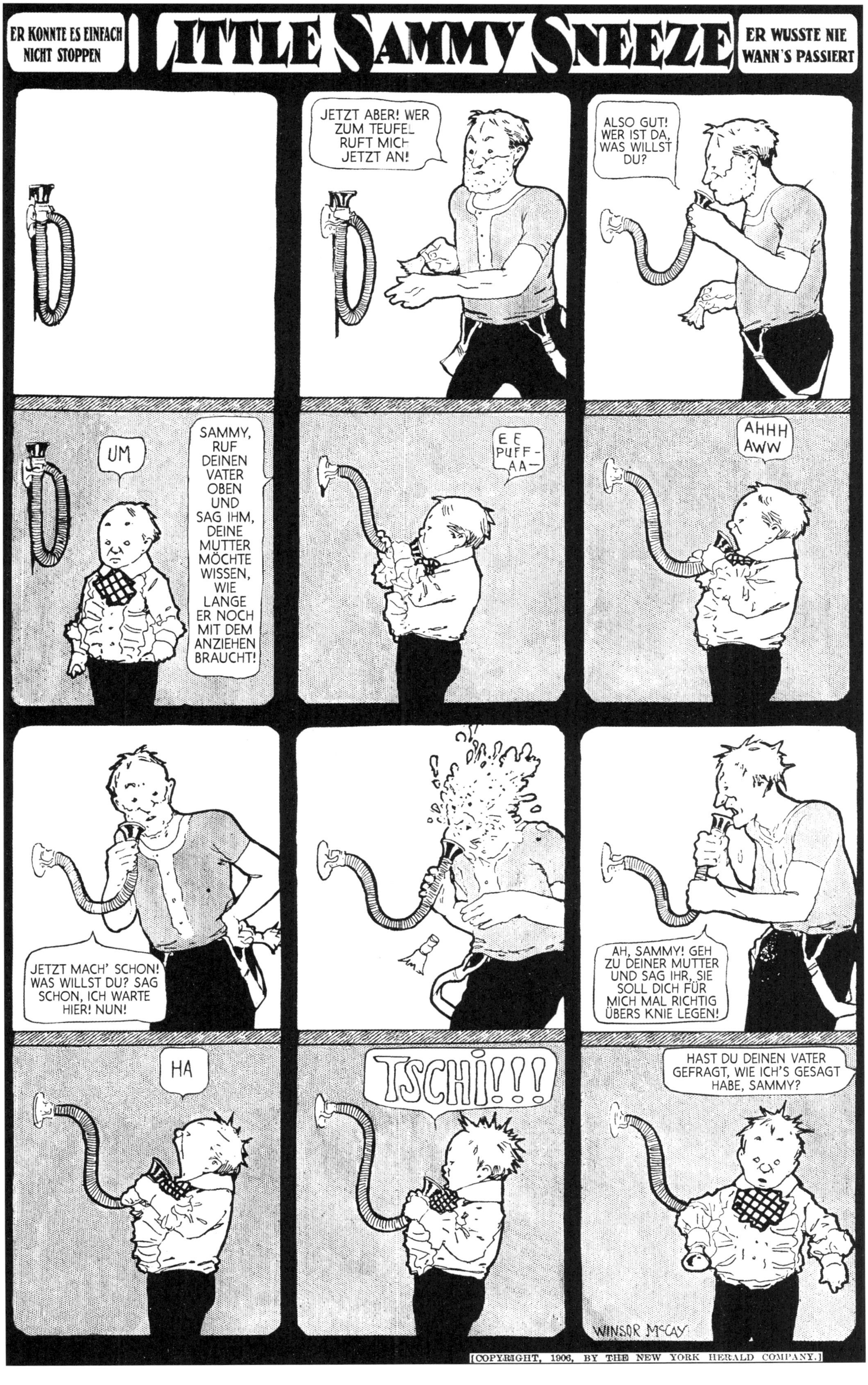
ER KONNTE ES EINFACH NICHT STOPPEN
LITTLE SAMMY SNEEZE
ER WUSSTE NIE WANN'S PASSIERT
JETZT ABER! WER ZUM TEUFEL RUFT MICH JETZT AN!
ALSO GUT! WER IST DA, WAS WILLST DU?
SAMMY, RUF DEINEN VATER OBEN UND SAG IHM, DEINE MUTTER MÖCHTE WISSEN, WIE LANGE ER NOCH MIT DEM ANZIEHEN BRAUCHT!
UM
E E PUFF- AA—
AHHH AWW
JETZT MACH' SCHON! WAS WILLST DU? SAG SCHON, ICH WARTE HIER! NUN!
AH, SAMMY! GEH ZU DEINER MUTTER UND SAG IHR, SIE SOLL DICH FÜR MICH MAL RICHTIG ÜBERS KNIE LEGEN!
HA
TSCHI!!!
HAST DU DEINEN VATER GEFRAGT, WIE ICH'S GESAGT HABE, SAMMY?
WINSOR McCAY
[COPYRIGHT, 1906, BY THE NEW YORK HERALD COMPANY.]

ER KONNTE ES EINFACH NICHT STOPPEN
LITTLE SAMMY SNEEZE
ER WUSSTE NIE WANN'S PASSIERT
JA, SAMMY. ICH KANN MICH NOCH ERINNERN. ALS DEIN VATER NOCH EIN
UM
KLEINER JUNGE WIE DU WAR, JA TATSÄCHLICH! ER WAR DAS SÜSSESTE KLEINE BABY. ICH HAB IHN IMMER BRUMMER GENANNT –
EEE AAA
WAS IST LOS TANTE, SAG' SCHON, SCHNELL!
DIE LAMPE BRENNT. WEG DA, SAMMY, SIE WIRD EXPLODIEREN! FEUER! FEUER! OH! HILFE! KOMM SCHON WEG DA!
AHH AWW
NIMM SAMMY DA WEG!
HOL WASSER! RUF DIE FEUERWEHR! WEG DA, SAMMY! OH! FEUER! HILFE! FEUER!
ICH HAB DIE FEUERWEHR GERUFEN! ZIEH SAMMY DA WEG! OH!
FEUER! HILFE! OH! WASSER! RETTET MEINEN SAMMY! OH! OH! HILFE! SCHNELL!
HA
(COPYRIGHT, 1906, BY THE NEW YORK HERALD CO.)
HOLT MEINEN JUNGEN! OH! RETTET IHN! HILFE! OH! OH! OH!
TSCHI
DING DING DING TUT TUT DONG DONG
DIE ALTE DAME IST IN OHNMACHT GEFALLEN.
OH, SAMMY. MEIN LIEBLING!
DER JUNGE HAT'S AUSGEPUSTET. KOMMT JUNGS, ES IST AUS.
WINSOR McCAY

ER KONNTE ES EINFACH NICHT STOPPEN
LITTLE SAMMY SNEEZE
ER WUSSTE NIE WANN'S PASSIERT
(COPYRIGHT. 1906 BY THE NEW YORK HERALD CO.)
JETZT KOMM SCHON, SAMMY! HIER IST DIE SONNTAGSZEITUNG, WIR GUCKEN UNS DIE LUSTIGEN BILDER AN. KOMM SCHON HER –
UM
UND SETZ DICH AUF MEINEN SCHOSS, SO KANNST DU SEHEN UND ICH WERDE VORLESEN, WAS SIE SAGEN! MANN, DU WIRST ABER GANZ SCHÖN SCHWER. AH! RAUF MIT DIR!
EEE AAA
OH! DA IST DEIN BILD, WIE DU IN EINE ZEITUNG NIEST, ABER DU NIEST DOCH –
AHH AWW
GAR NICHT MEHR, ODER, SAMMY? SIEH DIR DIE PAPIERFETZEN AN, WIE SIE DURCH DIE GEGEND FLIEGEN, WENN DU „HATSCHI' MACHST! UND DIE –
HAH
TSCHI
SCHNELL! SAMMY! LASS UNS DIESES CHAOS HIER AUFHEBEN, BEVOR DEINE MUTTER HEREIN KOMMT. SONST WIRD SIE WIEDER SCHIMPFEN, KOMM SCHON, BEEILUNG! ODER?
WINSOR McCAY

ER KONNTE ES EINFACH NICHT STOPPEN
LITTLE SAMMY SNEEZE
ER WUSSTE NIE WANN'S PASSIERT
JETZT LEGE ICH MICH SCHLAFEN. ICH, AH, UM –
ZUR HÖLLE MIT DIESEN VERDAMMTEN KATZEN!! DIE SIND LAUT GENUG, UM TOTE AUFZUWECKEN.
EEE AAA
WENN ICH MIR MORGEN FRÜH KEINE KANONE KAUFE, DANN NUR, WEIL MAN –
AHH AWW
KEINE KAUFEN KANN. JEDE NACHT UM DIESE ZEIT FANGEN SIE AN ZU JAULEN, AUF –
HAH
DEM DACH, UND WIR KÖNNEN ALLE FÜR DEN REST DER NACHT WIEDER KEIN AUGE ZUMACHEN.
TSCHI
AH! GUT! JEMAND HAT AUF SIE GESCHOSSEN! JEMAND HAT EINE KNARRE UND HAT AUF SIE GEFEUERT!
MAMA WIRD DAS FENSTER ZUMACHEN, ES WIRD ZU KÜHL.
BSSSSSS CHR! CHR! BSSSSS CHHH CHHCHAAAHCHA CHRRRRRRR BSSSSS CHR! CHR! CHRCHR! BSSS CHACHACHABSSSSSSSSS
(COPYRIGHT, 1906, BY THE NEW YORK HERALD CO.)

ER KONNTE ES EINFACH NICHT STOPPEN
LITTLE SAMMY SNEEZE
ER WUSSTE NIE WANN'S PASSIERT
BEAUTY
SOBALD ICH HIERMIT FERTIG BIN, GEHE ICH INS BÜRO ZURÜCK, -
YUM
UND WAS WIRST DU DA MACHEN?
ICH WERDE KÜNDIGEN! ICH MALE –
EE AAA
SCHON ZU LANGE SCHILDER, UM MICH VON MEINEM BOSS SO BEHANDELN ZU LASSEN WIE HEUTE MORGEN. JAWOHL!
AHH AWW
ICH DENKE, ICH WERDE AUCH KÜNDIGEN, WENN ICH FERTIG BIN –
JA, LASS UNS DAS HIER SCHNELL ERLEDIGEN UND DANN KÜNDIGEN WIR BEIDE, NE?
HAH
PILLS
TSCHI
UM HIMMELS WILLEN! SAMMY! WER HAT DIR DEIN GESICHT SO ANGEMALT, WO BIST DU GEWESEN? MEIN GOTT!!!
WINSOR McCAY

ER KONNTE ES EINFACH NICHT STOPPEN
LITTLE SAMMY SNEEZE
ER WUSSTE NIE WANN'S PASSIERT
ALSO. IHR ALLE WISST NATÜRLICH, DAS RENNEN SOLL EINEN STREIT UNTER EUCH BEILEGEN, ALSO MÜSST IHR FAIR ZUEINANDER –
ES HEISST, DER KLEINE KÖNNTE GEWINNEN.
DER GROSSE DA MACHT AUF MICH EINEN GANZ GUTEN EINDRUCK, JA!
UM
SEIN. ICH WERDE GENAU AUFPASSEN. WENN ICH DIESE PISTOLE ABFEUERE, MÜSST IHR –
ER HAT NICHT DIE SCHRITTLÄNGE, ABER DIE LUFT.
ES IST DIE GE-SCHWINDIG-KEIT, DIE ZÄHLT.
EE AA
VON HIER AUS LOSLAUFEN UND ZURÜCK. WENN DER SIEGER MIT UNFAIREN TRICKS ARBEITET, WIRD ER DISQUALIFIZIERT. AUF DIE PLÄTZE!
ICH WEISS, DASS ER AUCH SEHR SCHNELL IST.
JA, ABER ER IST ZU KLEIN, UM ZU GEWINNEN.
AHH AWW
FERTIG!
DER ROTHAARIGE BURSCHE SIEHT BÄRENSTARK AUS, SIE SEHEN ALLE FIT AUS UM ZU GEWINNEN.
OH, ES WIRD BESTIMMT EIN TOLLES RENNEN.
HAH
KOMMT ZURÜCK! HEY! HALTET AN! HEY! KOMMT HIERHER ZURÜCK! HEY!!!!!
JEMAND HAT GENIEST. EH! ZURÜCK DA.
TSCHI
WER HAT DA DRÜBEN GESCHOSSEN? WER WAR DAS? HEH?
SIE SIND WEG.
SIE HABEN EINEN FEHLSTART GEMACHT. HUH!
DER STARTSCHUSS WAR NOCH NICHT GEFALLEN.
SIE SIND WEG!!!
(COPYRIGHT, 1906, BY THE
WINSOR

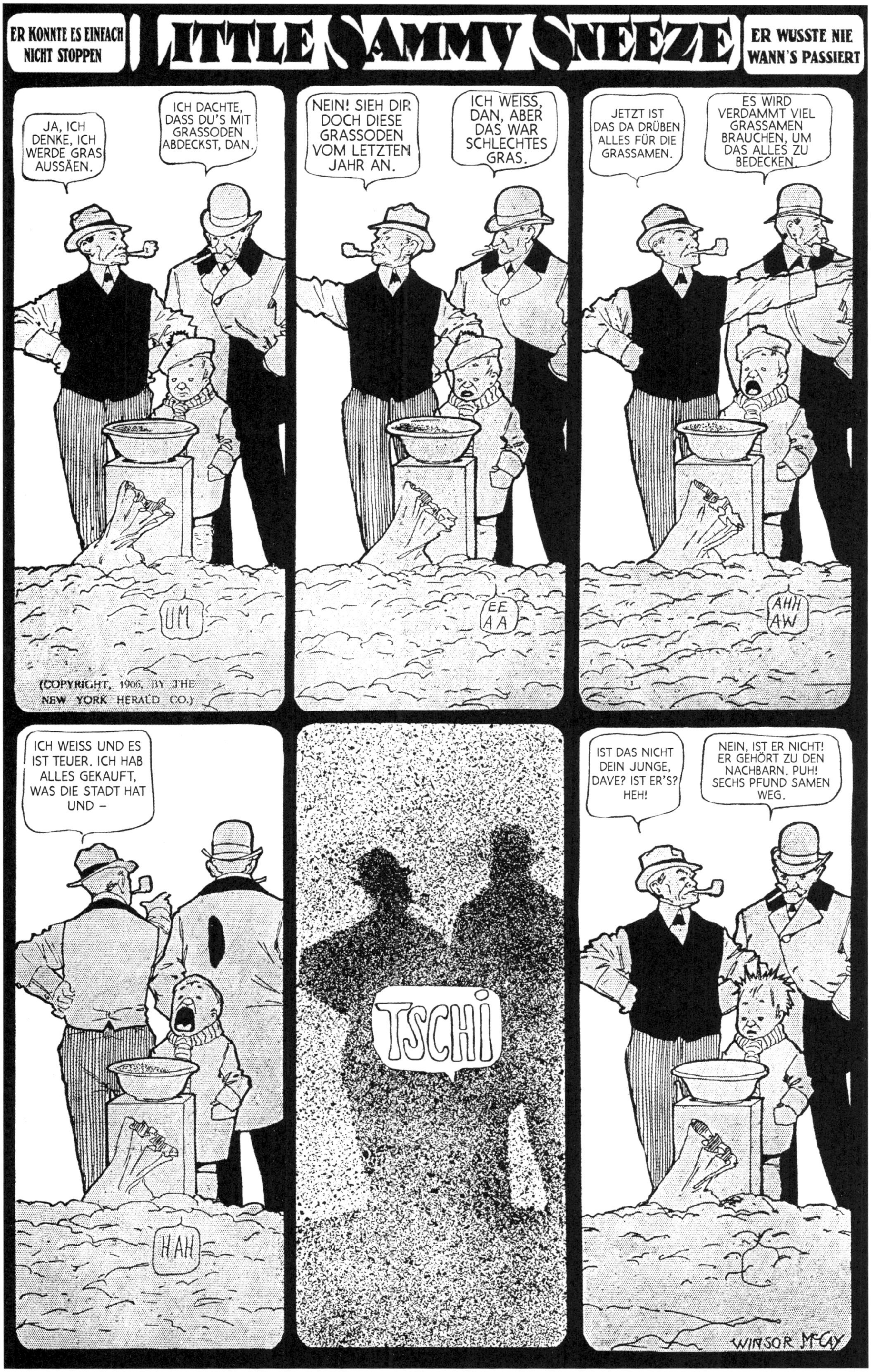
ER KONNTE ES EINFACH NICHT STOPPEN
LITTLE SAMMY SNEEZE
ER WUSSTE NIE WANN'S PASSIERT
JA, ICH DENKE, ICH WERDE GRAS AUSSÄEN.
ICH DACHTE, DASS DU'S MIT GRASSODEN ABDECKST, DAN.
UM
(COPYRIGHT, 1906, BY THE NEW YORK HERALD CO.)
NEIN! SIEH DIR DOCH DIESE GRASSODEN VOM LETZTEN JAHR AN.
ICH WEISS, DAN, ABER DAS WAR SCHLECHTES GRAS.
EE AA
JETZT IST DAS DA DRÜBEN ALLES FÜR DIE GRASSAMEN.
ES WIRD VERDAMMT VIEL GRASSAMEN BRAUCHEN, UM DAS ALLES ZU BEDECKEN.
AHH AW
ICH WEISS UND ES IST TEUER. ICH HAB ALLES GEKAUFT, WAS DIE STADT HAT UND –
HAH
TSCHI
IST DAS NICHT DEIN JUNGE, DAVE? IST ER'S? HEH!
NEIN, IST ER NICHT! ER GEHÖRT ZU DEN NACHBARN. PUH! SECHS PFUND SAMEN WEG.
WINSOR McCAY

ER KONNTE ES EINFACH NICHT STOPPEN
LITTLE SAMMY SNEEZE
ER WUSSTE NIE WANN'S PASSIERT
(COPYRIGHT, 1906, BY THE NEW YORK HERALD CO.)
ICH HAB SIE SEIT LETZTEM WEIHNACHTEN UND SIE IST NOCH NICHT KAPUTT. IST SIE NICHT TOLL? JETZT ZIEH' ICH SIE AUF UND -
UM.
DANN WIRST DU SEHEN, WIE SCHÖN SIE FÄHRT, DA KOPPELE ICH SIE AN DEN ZUG AN. ALLES EINSTEIGEN! ALLES EINSTEIGEN!
EEE AAA
ALLES EINSTEIGEN NACH CHINA! YEE! CHOOO CHOOO CHOOO CHOOO! SIEH DIR DAS LICHT AN!
AHH AWW
EXPRESS! CHOOKA CHOOKA CHOOKA CHOOKA CHOOKA! RÄUMT DIE SCHIENEN! WIR AUCH – OO – OO! CHOOKA CHOOKA CHOOK. PASSEN SIE AUF, MEIN HERR ...
HAH
TSCHI
ICH WERDE IHN VERPRÜGELN, TANTE, JA DAS WERDE ICH!
NEIN, NEIN, NEIN! DU DARFST EINEM ANDEREN NICHT WEHTUN. ER KANN NICHTS DAFÜR, ER WOLLTE DAS NICHT TUN, NEIN!
WINSOR McCAY

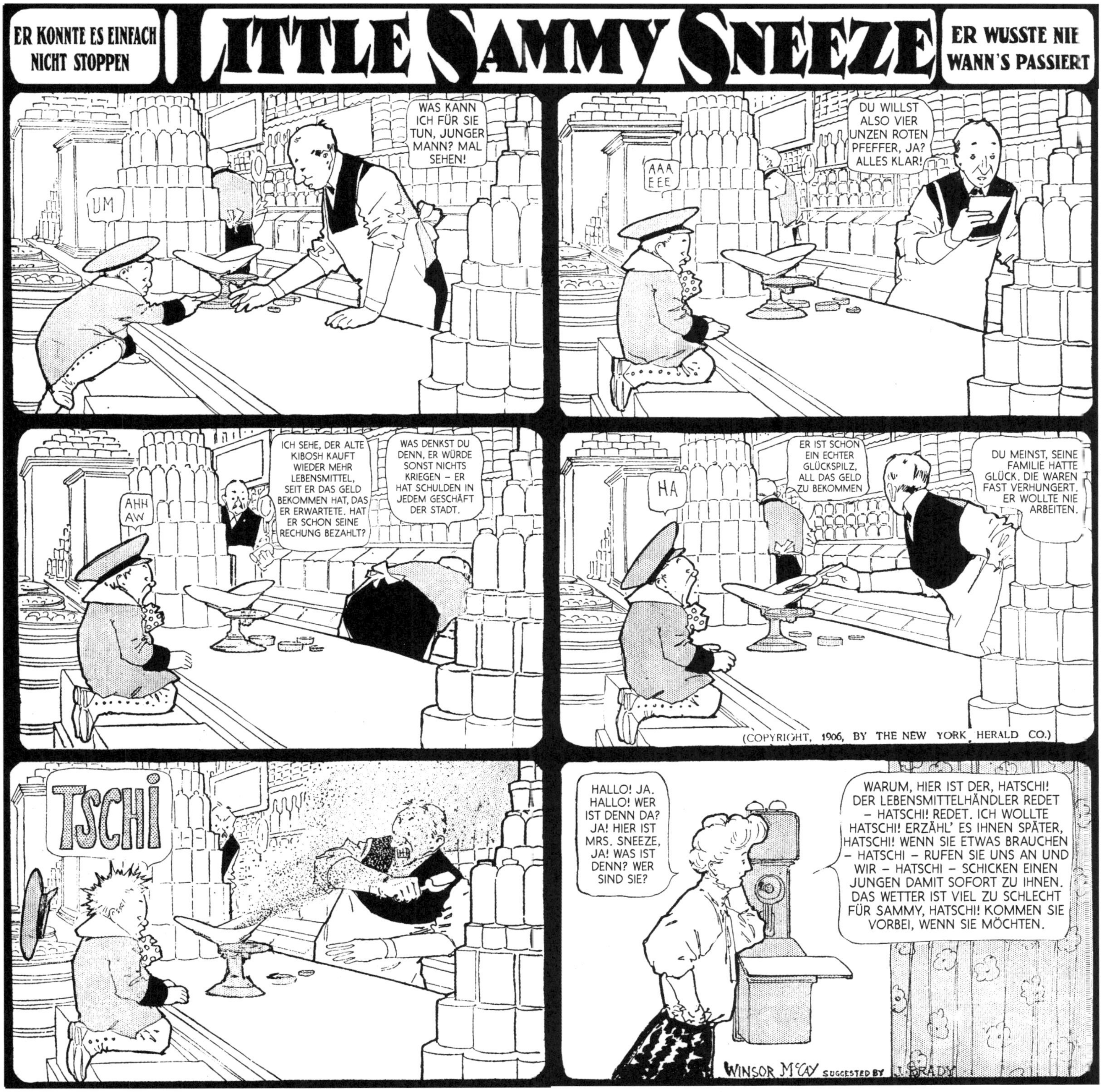
ER KONNTE ES EINFACH NICHT STOPPEN
LITTLE SAMMY SNEEZE
ER WUSSTE NIE WANN'S PASSIERT
UM
WAS KANN ICH FÜR SIE TUN, JUNGER MANN? MAL SEHEN!
AAA EEE
DU WILLST ALSO VIER UNZEN ROTEN PFEFFER, JA? ALLES KLAR!
AHH AW
ICH SEHE, DER ALTE KIBOSH KAUFT WIEDER MEHR LEBENSMITTEL, SEIT ER DAS GELD BEKOMMEN HAT, DAS ER ERWARTETE. HAT ER SCHON SEINE RECHUNG BEZAHLT?
WAS DENKST DU DENN, ER WÜRDE SONST NICHTS KRIEGEN – ER HAT SCHULDEN IN JEDEM GESCHÄFT DER STADT.
HA
ER IST SCHON EIN ECHTER GLÜCKSPILZ, ALL DAS GELD ZU BEKOMMEN
DU MEINST, SEINE FAMILIE HATTE GLÜCK. DIE WAREN FAST VERHUNGERT. ER WOLLTE NIE ARBEITEN.
(COPYRIGHT, 1906, BY THE NEW YORK HERALD CO.)
TSCHI
HALLO! JA. HALLO! WER IST DENN DA? JA! HIER IST MRS. SNEEZE, JA! WAS IST DENN? WER SIND SIE?
WARUM, HIER IST DER, HATSCHI! DER LEBENSMITTELHÄNDLER REDET – HATSCHI! REDET. ICH WOLLTE HATSCHI! ERZÄHL' ES IHNEN SPÄTER, HATSCHI! WENN SIE ETWAS BRAUCHEN – HATSCHI – RUFEN SIE UNS AN UND WIR – HATSCHI – SCHICKEN EINEN JUNGEN DAMIT SOFORT ZU IHNEN. DAS WETTER IST VIEL ZU SCHLECHT FÜR SAMMY, HATSCHI! KOMMEN SIE VORBEI, WENN SIE MÖCHTEN.
WINSOR M^cCAY SUGGESTED BY J. BRADY

ER KONNTE ES EINFACH NICHT STOPPEN
LITTLE SAMMY SNEEZE
ER WUSSTE NIE WANN'S PASSIERT
(COPYRIGHT, 1906, BY THE NEW YORK HERALD CO.)
DAS IST DAS SKELETT EINES DINOSAURIERS, DAS VON PROFESSOR DIGGINS IN DEN ROCKY MOUNTAINS GEFUNDEN WURDE.
UM
ER SOLL FÜNFZEHN JAHRE GEBRAUCHT HABEN, UM ES ZUSAMMENZUFÜGEN UND SO AUSZUSTELLEN, WIE DU ES JETZT DA SEHEN KANNST.
EEE AAA
JEDER EINZELNE KNOCHEN MUSSTE GENAU DAHIN, WO ER WAR, ALS ER LEBTE, VOR TAUSENDEN VON JAHREN.
AHH AWW
ICH VERGESSE IMMER, WIE VIELE EINZELKNOCHEN DAS GANZE SKELETT HAT, ABER ES SIND UNGEFÄHR –
HAH
TSCHI!!
DU MEINE GÜTE! OH, MEIN GOTT!
HMHH! DIE ARBEIT DER FÜNFZEHN JAHRE WIRD WOHL NOCH MAL GEMACHT WERDEN MÜSSEN, SCHÄTZE ICH.
ICH TUE ALLES, MEIN HERR, ALLES, WAS ICH TUN KANN, UM DEN SCHADEN WIEDER GUT ZU MACHEN, DEN MEIN KLEINER SOHN VERURSACHT HAT.
WINSOR McCAY

ER KONNTE ES EINFACH NICHT STOPPEN
LITTLE SAMMY SNEEZE
ER WUSSTE NIE WANN'S PASSIERT
(COPYRIGHT, 1906. BY THE NEW YORK HERALD CO.)
JA, SCHATZ, UND ER KOMMT JETZT. ICH HABE IHN GERADE AN DIE TÜR KLOPFEN HÖREN. KINDER, IHR MÜSST JETZT GANZ BRAV SEIN –
IST ES WIRKLICH DER WEIHNACHTS-MANN, TANTE?
ICH HAB' IHN AUCH GEHÖRT, TANTE!
UM
OH, DA IST ER! HALLO! MR. WEIHNACHTS-MANN! HABEN SIE UNSERE KLEINEN GEFUNDEN? –
JA, M'AM, UND ICH BIN FROH, SIE ZU SEHEN!
EE AA
SIE WAREN ALLE SEHR BRAV, WEIHNACHTS-MANN!
WIE WAR DIESER JUNGE, DAS IST DER KLEINE SAMMY SNEEZE, NICHT WAHR? WIE HAT ER SICH BENOMMEN? GUT, HOFF' ICH DOCH.
AHH AWW
ICH WAR BRAV.
ES SIND SEHR LIEBE KINDER!
HAH
ICH KOMME NUR ZU BRAVEN JUNGEN UND MÄDCHEN.
ICH VERSUCHE, BRAV ZU SEIN, SIR!
ICH AUCH.
ICH VERSUCHE, EIN BRAVES MÄDCHEN ZU SEIN!
TSCHI!
AHH! DU BIST ES, ONKEL, NUR MIT EINER MASKE, ICH ERKENN' DICH!
JA, ONKEL WOLLTE EUCH NUR HEREINLEGEN! DER ECHTE WEIHNACHTSMANN WIRD KOMMEN, WENN IHR IM BETT SEID. KOMMT, ES IST JETZT ZEIT FÜR'S BETT.
ICH WUSSTE, ICH WÜRDE ES VERPFUSCHEN, WENN DIESES SAMMY KIND NUR IN DER NÄHE IST, MANN!
WINSOR McCAY

ER KONNTE ES EINFACH NICHT STOPPEN
LITTLE SAMMY SNEEZE
ER WUSSTE NIE WANN'S PASSIERT
ICH HAB MIR SCHON GEDACHT, DASS SIE VERGESSEN WÜRDEN AUFZUSTEHEN, UM SAMMY SEINE MEDIZIN ZU GEBEN, ALSO MACH ICH'S. RICHTE DICH EIN BISSCHEN AUF, SAMMY.
UM
DU MUSST DEINE MEDIZIN EINNEHMEN UND DEINE GROSSMAMA WIRD SEI DIR GEBEN. DEIN VATER UND DEINE MUTTER HABEN'S VERGESSEN, ABER ICH HAB DRAN GEDACHT –
EEE AAA
ALSO WOLLEN WIR SIE NICHT STÖREN. WIR LASSEN SIE SCHLAFEN. ALSO SAMMY! DU MUSST DICH AUFSETZEN UND –
AAH AW
DAS HIER WIE EIN KLEINER SOLDAT TRINKEN. ES IST NICHT SO SCHLIMM WIE ES AUSSIEHT. GROSSMAMA HAT IHRE BRILLE NICHT AUF, ALSO WO –
HAH
(COPYRIGHT, 1907, BY THE NEW YORK HERALD CO.)
TSCHI
GEBT MIR AUCH EIN HANDTUCH. ER HAT SICH SELBST DAMIT EINGESAUT, ER IST GANZ NASS. ICH WOLLTE EUCH NICHT AUFWECKEN
ALSO, MUTTER, ICH WÜNSCHTE, DAS HÄTTEST DU! ICH HAB DIR DOCH GESAGT, DU SOLLST MICH DRAN ERINNERN, ABER DU BIST SO STÖRRISCH.
01-13-1907
WINSOR McCAY

ER KONNTE ES EINFACH NICHT STOPPEN
LITTLE SAMMY SNEEZE
ER WUSSTE NIE WANN'S PASSIERT
WIR HABEN DIESE SCHÜSSEL FAST VOLL GEKRIEGT. WIR, JA, FÜLLE D'S KÖRBCHEN NOCH EINEMAL, DANN GEBE WIR DEN SIRUP D'ZU; VERMISCHE S GUT
UM
ZU POPCORN BÄLLCHEN, JA. EINIGE MÖGEN SALZ UNTER DAS POPCORN GEMISCHT, ABR WIR TUN SIRUP D'ZU, DIES MAL. DIES IST DAS LETZTE KÖRBCHEN,
EEE AAA
DAS ICH JETZT MACHE. DU WARST NOCH NIE AUF EINEM KORN SCHÄLFEST, ODER? DA HAS' DU SPASS. SINGEN, UN' TANZEN, UN' SCHÄLEN. VIELE MAL WAR ICH SCHON
AHH AW
AUF EINEM KORN SCHÄLFEST. ENTHÜLSE NENNEN ES AUCH EINIGE, KORN ENTHÜLSE. JA, DAS HEISST EINFACH VIEL SPASS BEI EINE VON SOLCHE FESTE. DIS IS' DAS BESTE POPPENDE KORN, DAS ICH JEMALS GESEHN HABE; MANCHMAL HAT DER GEMÜSEHÄNDLER NUR DIESES SCHLECHTE HÜHNER-KORN.
HAH
(COPYRIGHT, 1907, BY THE NEW YORK HERALD CO.).
TSCHI
MRS. SNEEZE, KOMME SE UND SEHE SICH DAS AN! WENN SIE DE JUNGE KEINE TRACHT PRÜGEL VERPASSE FÜR DAS, WAS ER HIER ANGESTELLT HAT, DANN KÜNDIGE ICH. OH, MRS. SNEEZE, KOMME SE UND SCHAUEN SE! DIES IS SCHREKKLICH!
WINSOR McCAY 01-27-1907

ER KONNTE ES EINFACH NICHT STOPPEN
LITTLE SAMMY SNEEZE
ER WUSSTE NIE WANN'S PASSIERT
WENN DU DIE BRAUT SEHEN WILLST, BEEIL DICH BESSER. SIE KOMMEN GLEICH AUS DER KIRCHE, KOMM SCHON!
ICH MUSS NUR NOCH MEINEN HUT UND MANTEL HOLEN, ICH BIN GLEICH DA! GUCK MAL, OB SAMMY SOWEIT IST.
UM
OH! ER IST FERTIG. KOMM SCHON! ER SPIELT FÜR SICH ALLEIN! WIR MÜSSEN IN EINER MINUTE GEHEN, MACH SCHON.
ICH MACH JA SCHON SO SCHNELL ICH KANN! ICH WILL NICHT AUSGEHEN UND WIE EINE HEXE AUSSEHEN, SCHATZ!
EEE AAA
ZIEH DIR IRGENDETWAS AN, DU WIRST DAS GANZE PREISSCHIESSEN VERPASSEN! SIE KOMMEN MIT DEM REIS UND –
OH! UM NICHTS IN DER WELT WÜRDE ICH DAS VERPASSEN! WARTE AUF MICH, SCHATZ!
AHH AWW
ICH WARTE KEINE SEKUNDE LÄNGER. WENN DU FERTIG BIST, KOMM, SCHNAPP DIR DEINE ALTEN KLAMOTTEN UND KOMM! SCHNELL!
ICH BIN FERTIG! ICH KOMME!
HAH
(COPYRIGHT, 1907, BY THE NEW YORK HERALD CO.)
TSCHI
02-24-1907
WAS UM HIMMELS WILLEN HAT ER WIEDER ANGESTELLT? SEINE NASE SIEHT VIELLEICHT AUS!
OH! ICH WEISS NICHT, ER MUSS SIE SICH IRGENDWIE GESTOSSEN HABEN!
WINSOR McCAY.

ER KONNTE ES EINFACH NICHT STOPPEN
LITTLE SAMMY SNEEZE
ER WUSSTE NIE WANN'S PASSIERT
SIE ALLE WISSEN NATÜRLICH, DASS ICH HYPNOSE GEWISSENHAFT GELERNT HABE UND DASS ICH NICHTS TUN WÜRDE, UM DIE STIMMUNG BEI DIESER KLEINEN PARTY ZU VERDERBEN. ALSO MR. GAZEEK –
UM
HAT SICH ALS FREIWILLIGER ZUR VERFÜGUNG GESTELLT, UND MIT SEINER UNTERSTÜTZUNG WERDE ICH ZEIGEN, WIE ICH JEMANDEN IN EINEN ZUSTAND VERSETZEN KANN, IN DEM ER –
WEHREN WÜRD' ICH MICH, WENN ER MICH HYPNOTISIEREN WOLLTE. NEIN, MEIN HERR! NICHT MIT MIR!
EEE AAA
GLEICHGÜLTIG GEGENÜBER ALLEM – . EH, ER SCHLÄFT SCHON. SEHEN SIE? ER SCHLÄFT. ER IST JETZT HYPNOTISIERT! NICHTS KANN IHN STÖR –
OH MEIN-! SIEH DIR DAS AN!
ER SCHLÄFT SCHON, HUH!
AHH AWW
-EN. MAN KANN IHN MIT NADELN STECHEN! MAN KANN SEIN FLEISCH ANSENGEN, SEINE HAARE AN DEN WURZELN AUSREISSEN ODER EINE KANONE NEBEN SEINEM OHR ABFEUERN, ABER SIE KÖNNEN IHN NICHT AUFWECKEN! ER IST, ALS WÄRE –
IST DAS NICHT GROSSARTIG? UM!
HAH
TSCHI!
PHAAH
(COPYRIGHT, 1907, BY THE NEW YORK HERALD CO.)
GEH DA REIN, BIS DIE VORFÜHRUNG ZU ENDE IST, SAMMY! DU WÜRDEST ALLES RUINIEREN, WENN DU KÖNNTEST, ODER? BLEIB DA DRIN!
03-10-1907
WINSOR McCAY

ER KONNTE ES EINFACH NICHT STOPPEN
LITTLE SAMMY SNEEZE
ER WUSSTE NIE WANN'S PASSIERT
OH JE! DA IST SAMMY, IN DER HINTEREN GASSE, MIT SEINEM ROTEN MANTEL, UND FLANNIGANS ZIEGENBOCK IST LOS. GNADE!
UM
OH! OH! DA IST DER BOCK HINTER IHM HER! SAMMY! OH! SAMMYYYY! HÖRST DU MICH?
EEE AAA
SAMMYYYY! OH! SAMMY! LAUF! OH! DU LIEBE GÜTE! MEIN JUNGE! MEIN LIEBLING! MEIN LIEBSTER SAMMY!
AHH AW
OH! WAS SOLL ICH NUR TUN? OH! RETTET IHN! MEIN KLEINER SAMMY! JUNGE! MEIN SOHN! MEIN SOHN!
WAR DAS EIN AUTOMOBIL?
HA
TSCHI
ICH SOLLTE AUF DER STELLE VON HIER VERSCHWINDEN!
SAMMY! MEIN JUNGE! GEH UM DEN BLOCK UND KOMM SOFORT NACH HAUSE! KOMM SOFORT NACH HAUSE! LIEBLING!
04-14-1907
(COPYRIGHT, 1907, BY THE NEW YORK HERALD CO.).
WINSOR McCAY

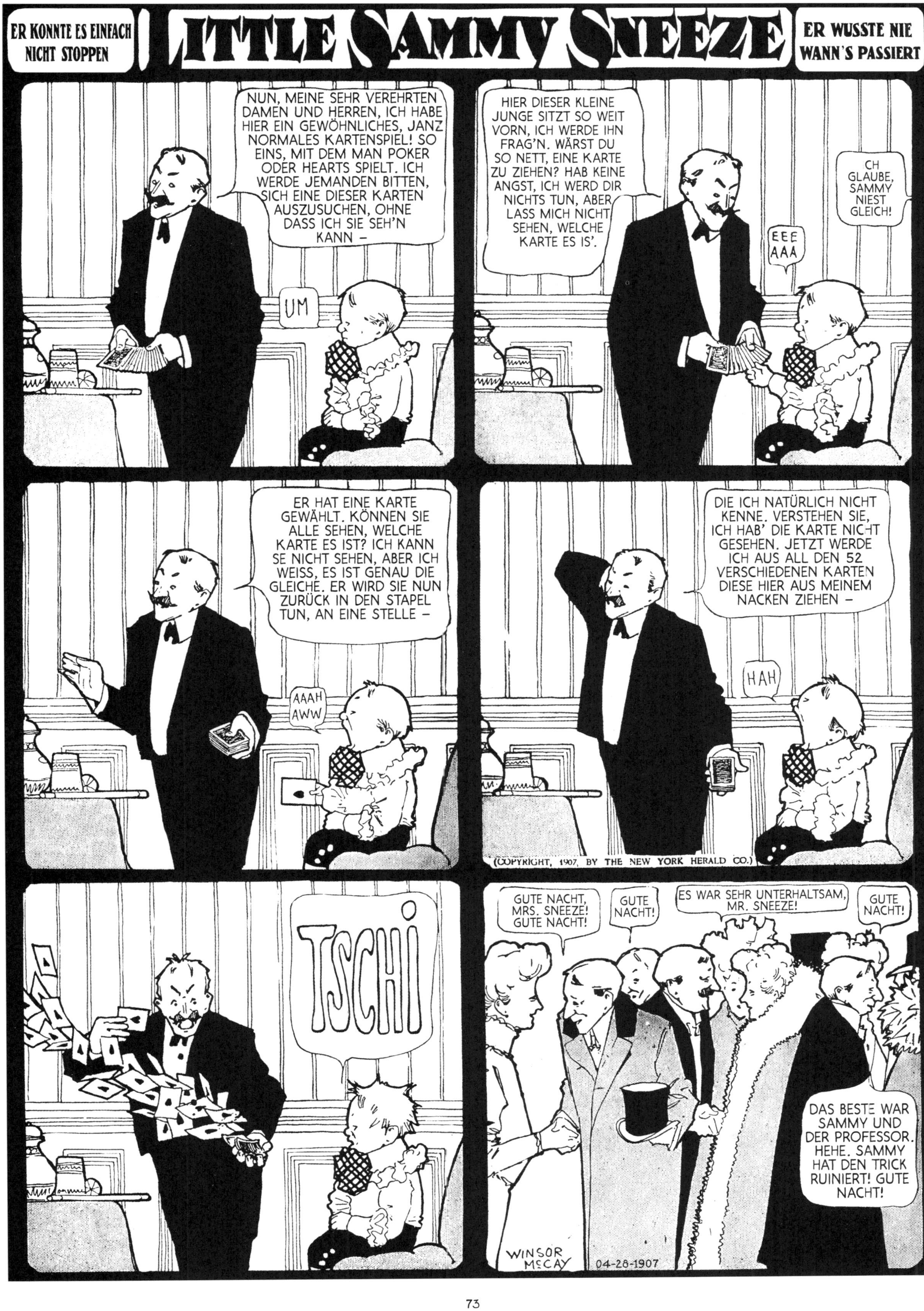
ER KONNTE ES EINFACH NICHT STOPPEN
LITTLE SAMMY SNEEZE
ER WUSSTE NIE WANN'S PASSIERT
NUN, MEINE SEHR VEREHRTEN DAMEN UND HERREN, ICH HABE HIER EIN GEWÖHNLICHES, JANZ NORMALES KARTENSPIEL! SO EINS, MIT DEM MAN POKER ODER HEARTS SPIELT. ICH WERDE JEMANDEN BITTEN, SICH EINE DIESER KARTEN AUSZUSUCHEN, OHNE DASS ICH SIE SEH'N KANN –
UM
HIER DIESER KLEINE JUNGE SITZT SO WEIT VORN, ICH WERDE IHN FRAG'N. WÄRST DU SO NETT, EINE KARTE ZU ZIEHEN? HAB KEINE ANGST, ICH WERD DIR NICHTS TUN, ABER LASS MICH NICHT SEHEN, WELCHE KARTE ES IS'.
EEE AAA
CH GLAUBE, SAMMY NIEST GLEICH!
ER HAT EINE KARTE GEWÄHLT. KÖNNEN SIE ALLE SEHEN, WELCHE KARTE ES IST? ICH KANN SE NICHT SEHEN, ABER ICH WEISS, ES IST GENAU DIE GLEICHE. ER WIRD SIE NUN ZURÜCK IN DEN STAPEL TUN, AN EINE STELLE –
AAAH AWW
DIE ICH NATÜRLICH NICHT KENNE. VERSTEHEN SIE, ICH HAB' DIE KARTE NICHT GESEHEN. JETZT WERDE ICH AUS ALL DEN 52 VERSCHIEDENEN KARTEN DIESE HIER AUS MEINEM NACKEN ZIEHEN –
HAH
(COPYRIGHT, 1907, BY THE NEW YORK HERALD CO.)
TSCHI
GUTE NACHT, MRS. SNEEZE! GUTE NACHT!
GUTE NACHT!
ES WAR SEHR UNTERHALTSAM, MR. SNEEZE!
GUTE NACHT!
DAS BESTE WAR SAMMY UND DER PROFESSOR. HEHE. SAMMY HAT DEN TRICK RUINIERT! GUTE NACHT!
WINSOR McCAY
04-28-1907

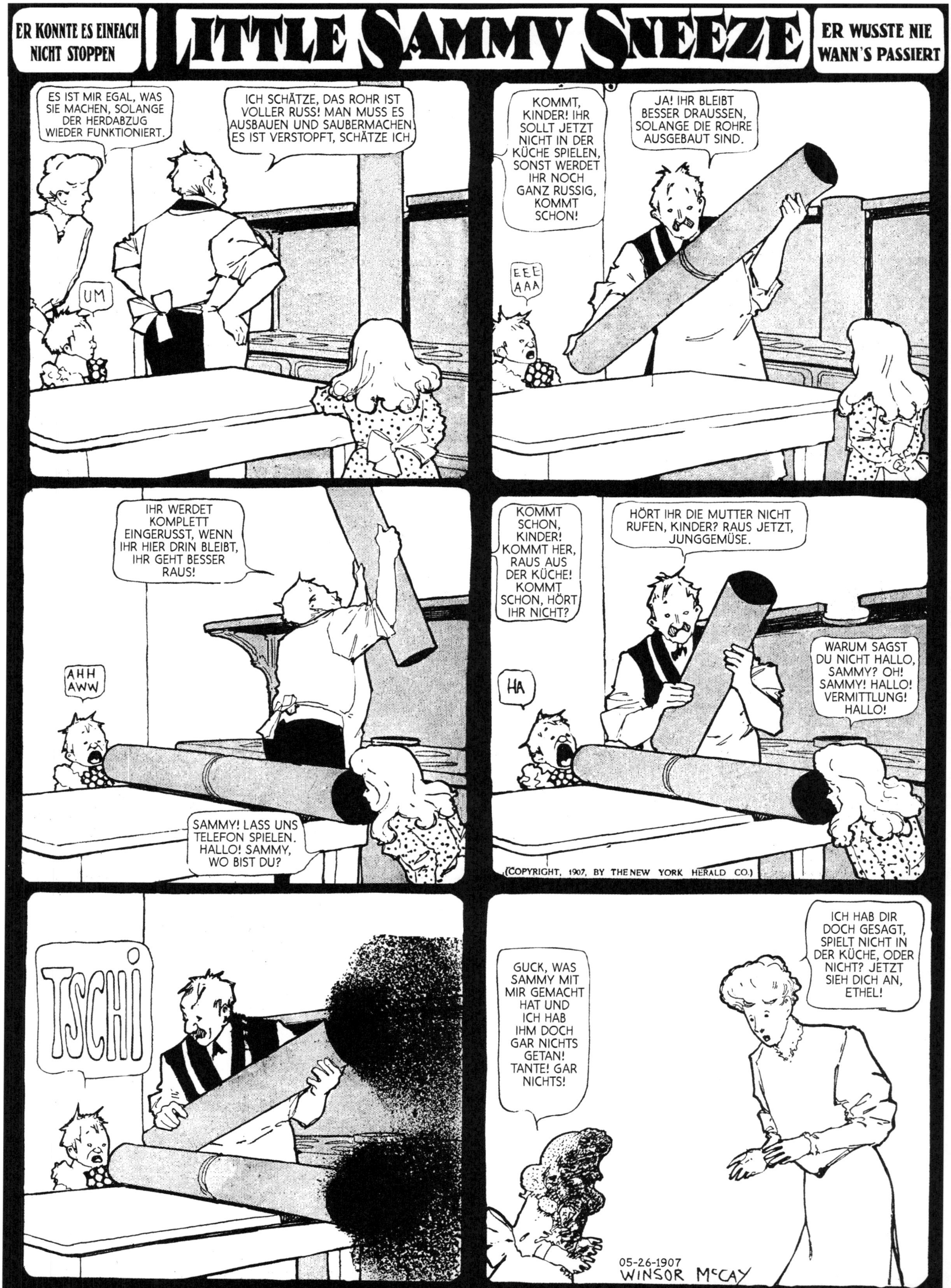

ER KONNTE ES EINFACH NICHT STOPPEN
LITTLE SAMMY SNEEZE
ER WUSSTE NIE WANN'S PASSIERT
ES IST MIR EGAL, WAS SIE MACHEN, SOLANGE DER HERDABZUG WIEDER FUNKTIONIERT.
ICH SCHÄTZE, DAS ROHR IST VOLLER RUSS! MAN MUSS ES AUSBAUEN UND SAUBERMACHEN. ES IST VERSTOPFT, SCHÄTZE ICH.
UM
KOMMT, KINDER! IHR SOLLT JETZT NICHT IN DER KÜCHE SPIELEN, SONST WERDET IHR NOCH GANZ RUSSIG, KOMMT SCHON!
JA! IHR BLEIBT BESSER DRAUSSEN, SOLANGE DIE ROHRE AUSGEBAUT SIND.
EEE AAA
IHR WERDET KOMPLETT EINGERUSST, WENN IHR HIER DRIN BLEIBT, IHR GEHT BESSER RAUS!
AHH AWW
SAMMY! LASS UNS TELEFON SPIELEN. HALLO! SAMMY, WO BIST DU?
KOMMT SCHON, KINDER! KOMMT HER, RAUS AUS DER KÜCHE! KOMMT SCHON, HÖRT IHR NICHT?
HÖRT IHR DIE MUTTER NICHT RUFEN, KINDER? RAUS JETZT, JUNGGEMÜSE.
HA
WARUM SAGST DU NICHT HALLO, SAMMY? OH! SAMMY! HALLO! VERMITTLUNG! HALLO!
(COPYRIGHT, 1907, BY THE NEW YORK HERALD CO.)
TSCHI
GUCK, WAS SAMMY MIT MIR GEMACHT HAT UND ICH HAB IHM DOCH GAR NICHTS GETAN! TANTE! GAR NICHTS!
ICH HAB DIR DOCH GESAGT, SPIELT NICHT IN DER KÜCHE, ODER NICHT? JETZT SIEH DICH AN, ETHEL!
05-26-1907
WINSOR McCAY

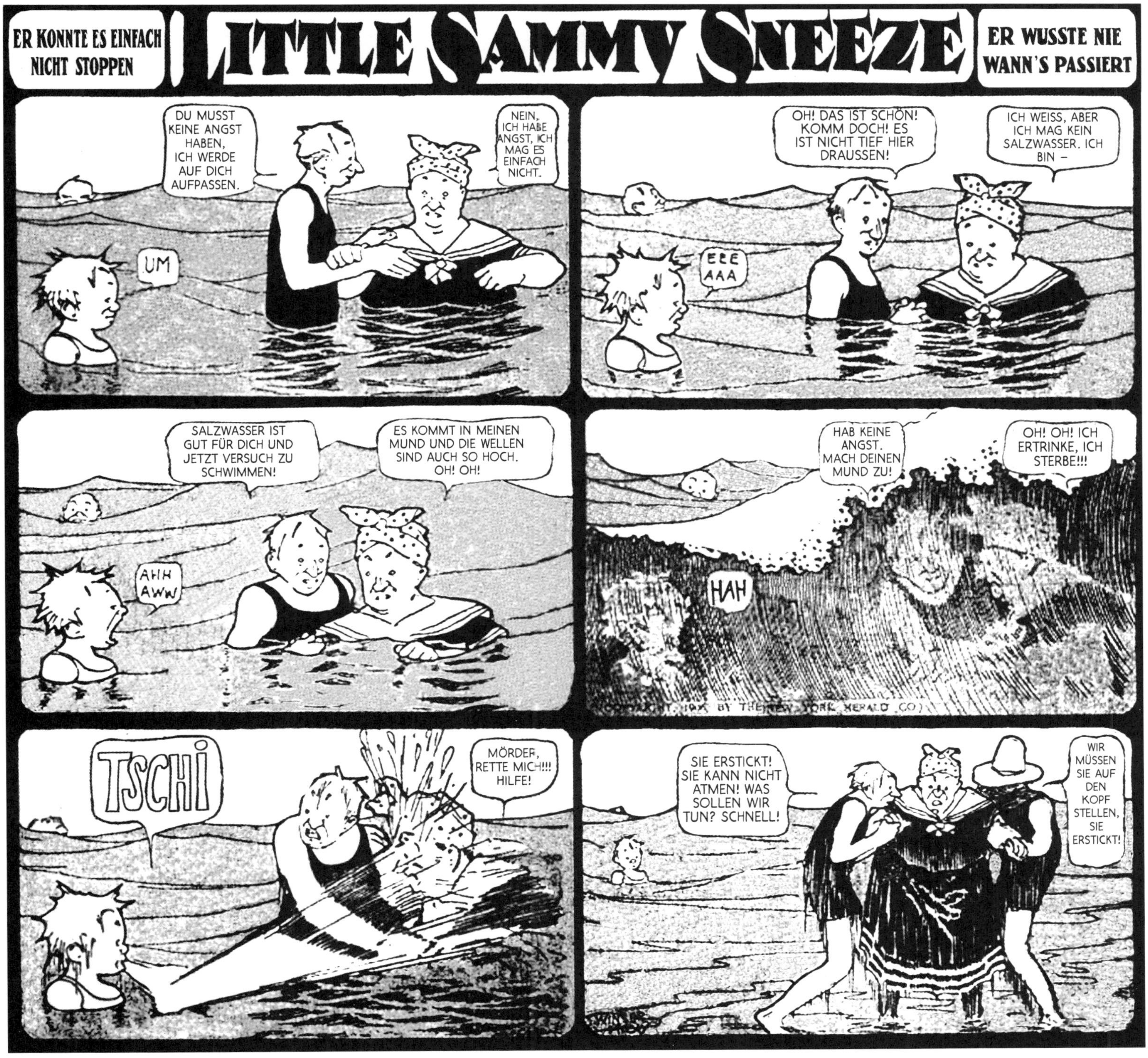
ER KONNTE ES EINFACH NICHT STOPPEN
LITTLE SAMMY SNEEZE
ER WUSSTE NIE WANN'S PASSIERT
DU MUSST KEINE ANGST HABEN, ICH WERDE AUF DICH AUFPASSEN.
NEIN, ICH HABE ANGST, ICH MAG ES EINFACH NICHT.
UM
OH! DAS IST SCHÖN! KOMM DOCH! ES IST NICHT TIEF HIER DRAUSSEN!
ICH WEISS, ABER ICH MAG KEIN SALZWASSER. ICH BIN –
EEE AAA
SALZWASSER IST GUT FÜR DICH UND JETZT VERSUCH ZU SCHWIMMEN!
ES KOMMT IN MEINEN MUND UND DIE WELLEN SIND AUCH SO HOCH. OH! OH!
AHH AWW
HAB KEINE ANGST. MACH DEINEN MUND ZU!
OH! OH! ICH ERTRINKE, ICH STERBE!!!
HAH
TSCHI
MÖRDER, RETTE MICH!!! HILFE!
SIE ERSTICKT! SIE KANN NICHT ATMEN! WAS SOLLEN WIR TUN? SCHNELL!
WIR MÜSSEN SIE AUF DEN KOPF STELLEN, SIE ERSTICKT!

ER KONNTE ES EINFACH NICHT STOPPEN
LITTLE SAMMY SNEEZE
ER WUSSTE NIE WANN'S PASSIERT
WHOA!
OH, WHOA! OH! OH!
OH. MEINE GÜTE. ES GEHT DURCH! WHOA!
UM
WHOA!
WHOA! OH! WHOA! OH!
PASS AUF, JUNGE! VON DER STRASSE, SCHNELL! WHOA!
EE AA
WHOA!
PASS AUF! WHOA! WHOA! OH! OH!
JUNGE! OH, JUNGE! SCHNELL VON DER STRASSE! PASS AUF! JUNGE!
AHH AW
PASS AUF, JUNGE! PASS AUF!
GERADEWEGS AUF DEN JUNGEN ZU! OH! OH!
HAH
WER HAT ES AUFGEHALTEN? OH, WER, AH –
ER HAT GENIEST UND DAS PFERD AUFGEHALTEN
TSCHI
WINSOR McCAY
OH!
WHOA, DA
DAS IST DIESER SAMMY JUNGE
NICHTS GEHT ÜBER EIN KRÄFTIGES NIESEN
ER IST SCHON EINZIGARTIG!
DU HAST MEIN KLEINES MÄDCHEN GERETTET, HIER NIMM DAS –
DU BIST EIN LEBENSRETTER, JUNGE!

ER KONNTE ES EINFACH NICHT STOPPEN
LITTLE SAMMY SNEEZE
ER WUSSTE NIE WANN'S PASSIERT
NOCH EINEN ZOLL BEWEGEN, MIKE! EINEN ZOLL!
RUHIG, MIKE
UM
HÜH! KOMM SCHON! HÜH!
GANZ VORSICHTIG! NUR NOCH EINEN ZOLL!
WHOA! STOPP!
EEE AAA
WHOA! HÜH! WHOA!
WHOPI! LASS' SIE NOCH EINEN ZOLL MEHR!
NOCH EIN KLEINES STÜCKCHEN!
AHH AW
HÜH! TOM! EH, WHOA!
NUR NOCH EINE WINZIGKEIT, MIKE! EINE WINZIGKEIT –
HALT, WARTE, HALTE SIE!
HAH
KOMM, TOM! DU FAULES, ALTES BIEST, HÜH!
TSCHI
DIESER SNEEZE-JUNGE IST EIN ÖFFENTLICHES ÄRGERNIS!
ICH MÖCHTE WISSEN, WO DIESES KIND WOHNT. SEIN DADDY WIRD HIERFÜR BEZAHLEN!
WINSOR McCAY

ER KONNTE ES EINFACH NICHT STOPPEN
LITTLE SAMMY SNEEZE
ER WUSSTE NIE WANN'S PASSIERT
SIND DAS NICHT NIEDLICHE KLEINE HÜNDCHEN, SAMMY?
NICHT GEGEN DIE BOX TRETEN. DEN HUND NICHT AUFSCHRECKEN!
UM
DU WARST DOCH NOCH NIE BEI EINER HUNDE-SCHAU, SAMMY, ODER? SCHAU!
NICHT GEGEN DIE BOX TRETEN. DEN HUND NICHT AUFSCHRECKEN!
EEEEEE EEEEEE AAAAAAA
SAMMY, SCHAU MAL HIER! KOMM! GUCK MAL IN DIESEN ZWINGER, SAMMY!
AAAAAA AHHHH AHAHHH AWWW WWW
NICHT GEGEN DIE BOX TRETEN. DEN HUND NICHT AUFSCHRECKEN!
HIER SIND DIE NIEDLICHSTEN WONNE-PROPPEN, DIE DU JE GESEHEN HAST! OH! SCHAU HER!
EN. HT AUFSCHRECKEN!
HEE
TSCHI
WAS HAT ER GEMACHT? GETRETEN UND DEN HUND AUFGESCHRECKT, MADAME?
NEIN, SIR! HAT ER NICHT! ER HAT NUR GENIEST! NEIN, ER HAT NICHT GEGEN DIE HUNDE-BOX GETRETEN!
UM!
WINSOR McCAY

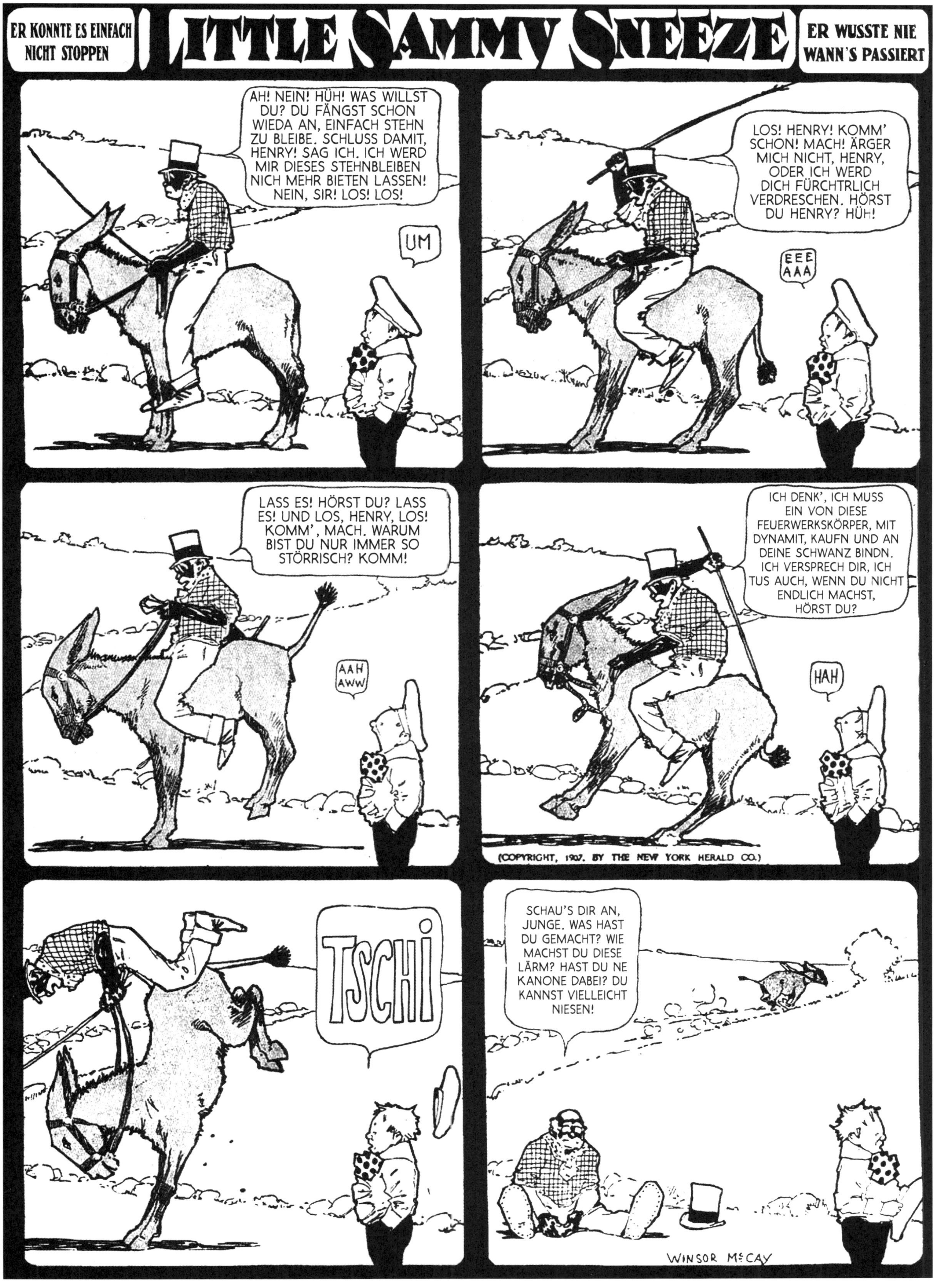
ER KONNTE ES EINFACH NICHT STOPPEN
LITTLE SAMMY SNEEZE
ER WUSSTE NIE WANN'S PASSIERT
AH! NEIN! HÜH! WAS WILLST DU? DU FÄNGST SCHON WIEDA AN, EINFACH STEHN ZU BLEIBE. SCHLUSS DAMIT, HENRY! SAG ICH. ICH WERD MIR DIESES STEHNBLEIBEN NICH MEHR BIETEN LASSEN! NEIN, SIR! LOS! LOS!
UM
LOS! HENRY! KOMM' SCHON! MACH! ÄRGER MICH NICHT, HENRY, ODER ICH WERD DICH FÜRCHTRLICH VERDRESCHEN. HÖRST DU HENRY? HÜH!
EEE AAA
LASS ES! HÖRST DU? LASS ES! UND LOS, HENRY, LOS! KOMM', MACH. WARUM BIST DU NUR IMMER SO STÖRRISCH? KOMM!
AAH AWW
ICH DENK', ICH MUSS EIN VON DIESE FEUERWERKSKÖRPER, MIT DYNAMIT, KAUFN UND AN DEINE SCHWANZ BINDN. ICH VERSPRECH DIR, ICH TUS AUCH, WENN DU NICHT ENDLICH MACHST, HÖRST DU?
HAH
(COPYRIGHT, 1907, BY THE NEW YORK HERALD CO.)
TSCHI
SCHAU'S DIR AN, JUNGE. WAS HAST DU GEMACHT? WIE MACHST DU DIESE LÄRM? HAST DU NE KANONE DABEI? DU KANNST VIELLEICHT NIESEN!
WINSOR McCAY

ER KONNTE ES EINFACH NICHT STOPPEN
LITTLE SAMMY SNEEZE
ER WUSSTE NIE WANN'S PASSIERT
UM
EEE AAA
AHH AWW
HAH
TSCHI
WINSOR McCAY.

(COPYRIGHT, 1905, BY THE NEW YORK HERALD CO.)
ISN'T THAT GRAND? OH ISN'T THAT JUST SIMPLY MAGNIFICENT, SAMMY? EH? LOOK AT THE TRUMPETER. SEE THE PRETTY HORSES. WE MUST ASK PAPA TO—
BIGGEST CIRCUS ON EARTH
UM